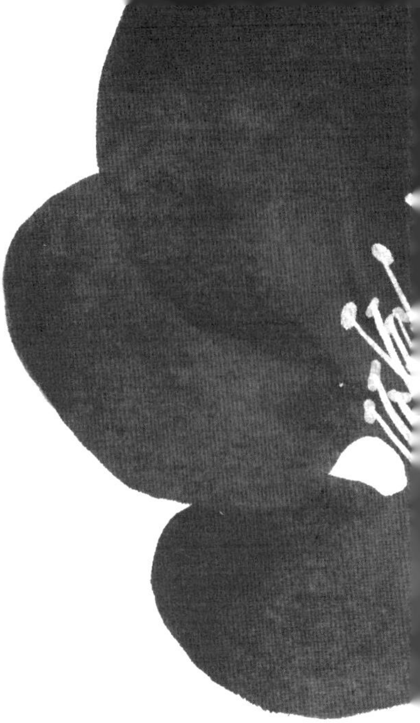

不乖乖

林巧棠

目次

〔推薦序〕

關於寫作，以及力量的規模

林文心

關於巧棠，有件小事我記了很久。是有一次的文學活動，請了近十位青年作家，要我們各自交出一篇作品，彼此討論後，再請幾位資深作家逐一點評。那次活動負責人請我在參與之餘一併協助主持，我沒想太多就答應了。

青年作家彼此都是同輩，說是討論，其實更像聊天，我們嘻嘻哈哈、氣氛很好。但隨後我才很遲鈍地想起，自己必須彙整眾人的討論內容，在資深作家們面前報告。活動前半段我和大家玩得興高采烈，直到報告前才感覺手腳冰冷——我一直不是那種，擅長在大人面前表現的小孩。

在資深作家進場前，我跟夥伴說：「怎麼辦，好緊張。」大家聊表安慰地回應：「沒事啦、他們都是好人、簡單說說就可以了。但當我反問其中一位小說家：「不然你來講？」他微笑回答：「你要加油喔。」然後快速奔回自己的座位。我剩下自己，絕望地看向那些做了像是沒做的筆記，嘗試從中組織出一些聽起來有條理的句子，突然留意到身旁走近一人。是巧棠。

巧棠在活動中不是大鳴大放的類型，她會跟著笑鬧，但不搶話。我正感到困惑，她卻認真地對我說：「我覺得有幾個點可以分享。」隨後陪我把要報告的內容順過一次，確定我知道自己該講些什麼之後，直直看向我的眼睛說：「這樣有沒有不緊張了？」

在巧棠說出這句話以前，我其實不真的知道她在幹麼——就連我也明白，這不是一個講錯話就會被批判的場合。後來的報告很順利，除了因為巧棠，還因為，就像大家都清楚的，大人們人很好；然而事後我始終記得，在那個喧譁紛亂的現場裡，巧棠所給予的眼神。關於她如何慎重看待我細小的緊張，並且決定伸出援手。

閱讀《不乖乖》，我很經常想起她那時的眼神。在那場活動以前，我們只有一面之緣，她的善意幾乎可以說是有些突兀。而事後我曾反覆分析，認為自己感受到的，是一種質地特殊的溫柔：有點素樸、稍稍不合時宜，但其中蘊含的溫暖卻厚實而龐大。而且，最重要的是，那樣的溫柔有其動能。

乍讀之下，《不乖乖》是一本很個人的作品。巧棠寫童年握不住的美好、寫孩童潛藏的人際暴力，一路寫到大學的政治啟蒙，以及研究所時期參與社運的經歷。那些當然都是極其私密的經驗，並不脫離散文體類長期牽動的「坦露」傳統；然而，她的文字所輻射出的能量卻似乎超越了「單人」的邊界。無論是在輯一「錯位」中並陳的美與哀愁，或輯二「惡意」以書信體裁直面學生時代關係間的狠戾。情緒不曾被刻意渲染，感受卻強而有力。

這樣的力度不與書寫內容是否普世有關，也不全然關乎自我揭露的程度；關鍵在於作品中存在的一些「什麼」，那些「什麼」之強悍，足以穿透經驗直撲讀者面前。

我想起學者雷諾．博格（Ronald Bogue）在討論德勒茲的著名理論「逃逸路徑」（ligne de fuite）時，認為寫作的特徵即是將「普遍的感染力（affectivity）擴及成一個開放運動的過程。」其所描述的是一種流動的狀態，指向寫作之中，我們如何感受並且搭建關係、如何背叛並且逃向未知，即使是在語言的內部，寫作者依舊持續創造著嶄新的語言。

很明顯的，巧棠的寫作本身便後設地關注著寫作。這點在許多篇章諸如〈單向信〉、〈悔過書〉或者後記〈文學救不了病中的我〉皆可讀出。甚至輯四「圍城夜奔」開展出長篇散文的宏大氣勢，卻也不停留於「描述」本身，而同樣反身檢視著「為何寫作」的問題。這種反身性在我看來，其實非常女性。正如《觀看的方式》（*Ways of Seeing*）早已指出，女性因為長期作為被觀看的對象，於是分割出了「看」與「被看」的兩種主體，是充分地意識到自己作為被觀看的對象，所以才一併回過頭來審視自身。儘管「女性書寫」不一定是本書的直接主題，卻依舊以不容忽視的方式存在著。或者反過來說，巧棠不正寫女性，而將女性身分細密地潛藏在每個主題的反面。〈意若思鏡〉借用魔法鏡的變形隱喻，直寫初戀之懵懂歪曲，冷涼地承認前男友看她實際上就像看見規矩方正的《女則》人物——戀情的起落，是他者眼光與自我認同從交會到歧出的過程；或是〈公主體驗營〉殘酷地描繪女性的外型如何決定了他人對待自己的態度，卻又更進一步地批判一不注意便服膺於這套邏輯的自己——因為跟鞋洋裝公主頭而收穫尊重的她，即使「贏了」也依舊感覺寒冷。

可能有些冒犯，但我私心以為，巧棠寫作中展現的反身性思考，多少帶有一些「老好人」、「好學生」意味：她謹慎地、在被評斷以前，率先成為了檢討自己的人。然而，讓我最觸動之處亦是在此——這樣反覆的自我確認與詢問，明明是種乖孩子檢查作業的心態，卻又因為書寫的自由與敞開，悖論式地賦予她以動能——寫作允許你謹慎，同時也允許你張狂。她交付以誠懇，而終於在書寫的國度中獲得了反叛的空間、不乖的可能。

寫是必然、文學是必然，因為她的逃逸路徑在此展開。

因此便也不難理解，本書的個人經驗是如何帶有開放性質——輯四或可說是全書最氣勢宏大的部分。散文擅於負重，而巧棠誠實且無懼地將時間的所有重量交付其中。整個系列被命名為「自十年後寫起」，所標舉的是自二〇一四年太陽花運動以降的時間。誠然，那是臺灣史上標誌性的第一現場；但是，豈止是十年？爆發是一瞬間的事，但啟蒙不是。文章的起始點並非三月十八日當天，而爬梳了「自己之所以成為自己」的眾多切片：校園裡政治社團的招牌、翻譯課的某次作業、教授在講臺上掩去的一滴眼淚。那是巧棠對於「我為何在場」的確認，也是一種「我必須書寫」的反面回答。

當然《不乖乖》並非全然的「關於社運」之作，但全書的連貫性在於巧棠對「傷害如何發生」的高度敏銳。一位九歲孩童遭遇的霸凌，與一群社運青年目睹鎮暴水車在眼前開過，在書中被給予了同等程度的關注。就算我們調整衡量的尺度，然而暴力就是暴力、不堪就是不堪。又或者可說，巧棠的寫作提供另外一種回答，在面對老句型「政治歸政治、〇〇歸〇〇」（〇〇可以填入文學／體育／音樂／追星或其他名詞）時，最常見的反駁似乎是「〇〇就是政治」。而《不乖乖》以行動證明生活如何就是政治：生活是自我意識的萌芽、是對國際局勢的關注；同時，在這一切之中，戀愛與其他也正同時發生——而時間裡的所有，巧棠全都交給她的寫作。

我在《不乖乖》中所讀到的，正是這種直面的態度：不標榜偉大、不輕視細小，時間中大大小小的斷錯傷痕，巧棠一視同仁地看進眼底。而我早就已經確認，她眼神中的溫柔有其動能，於是我也願意相信，一切傷痕從此有了復原以及新生的可能。

輯一

錯位

仙鄉

那是一道琴聲織成的虛幻的門，通往一個不屬於我的地方。

我九歲開始到老師家裡學琴，每週三傍晚的課，他是我第二個鋼琴老師。公寓大樓裡，他家深綠色的硫化銅門配有銀色防盜多段鎖，與我家醜陋陳舊的灰色鐵門有著天壤之別。每回走進老師家門前，我都得就著電梯裡的鏡子檢視髮絲與牙縫，整理好自己後，才有底氣走進那道門。

摁下門鈴後，身穿西裝的老師便會來開門。冬天他身穿黑巧克力色的褐色毛呢，或深藍色方格西裝，偶爾會穿手肘處有塊拼接補丁的獵裝外套。春、夏、秋三季的西裝則是光滑緞面，鼠灰格子或拿鐵咖啡的淡褐。

我生命裡的年長男人，無論是親戚還是老師，到了中年，就會像貼舊了的海報那樣輪廓模糊起來，被工作埋沒，被生活淹沒。比起那些勤勉養家的薛西佛斯，鋼琴老師更像畫裡走出來的人物。

他將近一百八十公分，戴細框金邊眼鏡，由於長年在家中教琴的緣故，膚色極白，高鼻深目，如大理石雕像般光潔俊秀。一雙修長大手同樣白皙，那雙彈琴的手卻照樣為我拿室內拖鞋，遞茶水，我每每見此都有種暴殄天物的感覺。

與我家的雜亂相比，鋼琴老師家彷彿仙境。牆上貼著象牙白的壁紙，上頭有淡銀的浮凸雕花，天花板中央是小型歐式古典風水晶吊燈。深藍色的絨布沙發觸感細緻柔滑，定睛一看會逐漸浮出紫紅色的繡花，彷彿被拓印的晚霞。沙發扶手與底座綴以金絲銀線的飾邊，上鋪讓人深陷其中的柔軟椅墊。

淺橡木紋的木地板上找不到一根落髮一片塵埃，最令我震撼的是客廳裡甚至看不見垃圾桶——我家的深粉紅色方形塑膠垃圾桶購自大賣場，大剌剌放在距離客廳門邊沒幾步的地方，踩踏掀蓋式，桶口老是爬滿螞蟻。後來我去上課幾次才知道，鋼琴老師家的垃圾桶，隱身在客廳牆邊一個可斜斜拉開的歐式雕花深褐色櫃子裡。

我戰戰兢兢套上他為客人準備的室內拖鞋，提著裝滿琴譜的袋子走向沙發，小心謹慎拿出徹爾尼、巴哈與貝多芬，走向那架黑色的平臺式 YAMAHA 鋼琴。在家裡練習不足的時候，我特別注意要把每一步都踩穩，不想讓腳步聲洩漏我的心虛。

幼時的我並不知道，像老師那麼有經驗的教學者，在學生手指按下第一個音符之前，就知道學生這週練習了多少。但無論我偷懶與否，鋼琴老師從不動怒，甚至連眉頭也不皺一皺，只是安靜聽我彈完當週的作業（也許是忍耐著聽完的），再耐著性子自己示範一次。

他白皙的指掌與黑白琴鍵合舞，最令我驚訝的不是他能彈奏多麼艱深的曲子，而是，即便只是示範最最簡單的兒童鋼琴基礎教材，他臉上與指下依然呈現莊嚴肅穆的神情，慎重到最後一個音符完結為止，彷彿守護一曲直至樂曲終末，是全世界最重要的事情。

回家後我看見與鋼琴老師同樣坐著的父親，只是前者端坐在鋼琴椅上一半的位置，後者在電腦桌前不停抖腿抽菸，螢幕上是踩地雷或新接龍（幾年後換成《天堂》和《龍族》）。下課後眼見這樣的父親，我心底每每升起一種悲壯的宿命之感。

母親偶爾會陪我一起上課。學琴的一小時內，她會坐在沙發角落看報紙，等我下課後再一道回家吃飯。但老師進房去拿新琴譜時她便會開口評點我剛才的表現是否粗心，是否辜負了學費。

她這樣一說，等老師從房裡拿新譜出來後，我通常會彈得更糟。九歲的我不知如何分辨自己究竟是不是天性粗枝大葉，要等到母親放心了，不再伴著我上鋼琴課，讓我獨自和老師相處時，我才打從心底鬆了一口氣。上課時她在旁邊攤一攤報紙、清一清喉嚨都令我心驚膽跳，化成指端彈錯的音符。

因此我彈得最好的幾次，只有我和鋼琴老師聽得見。某次課堂上我彈了一首非常簡單的曲子，《拜爾兒童鋼琴教本》裡的基礎。一曲奏畢，照慣例該輪到老師示範，他卻沒有抬手，反而坐在原位上開口道：「我不敢彈。」

我愣住了，轉頭呆呆望著他，深怕這說法是某種嶄新的責備方式，沒想到他下一句說的是：「我怕彈得沒你好。」

那是鋼琴老師初次稱讚我。我從未想過像我這樣天生不適合彈琴的人，也能讓老師看得起。

讓小孩學琴是中產階級家庭的心願，我家也不落人後地搭上這股風潮。不過學琴是我自己提議的，國小一年級剛開學沒多久，我在校門口對面大樓裡的鋼琴教室，看見一名年紀比我小的孩子氣定神閒坐在黑色平臺式鋼琴前，雙掌在黑白琴鍵上翻飛。自那時起我就下了學琴的決心。

學琴後，明瞭那孩子彈的只是初級的拜爾或徹爾尼練習曲。不過，他坐在鋼琴前的架勢那麼神氣，神氣到我忘了他只有六歲。也許我只是想要如他一般，擁有掌握抽象樂聲的能力，讓樂聲代替我慣性沉默的喉嚨說話。

最初想學琴時，我和母親都未曾想過要去打聽老師的評價，只是單純地走向校門口對面大樓裡的鋼琴教室。放學後，母親領我走向一樓櫃檯，女老師就坐在那裡。

「兩手伸出來。」她命令道。她端詳了我的手幾秒後，隨即說：「你的手不適合彈鋼琴。」

就在我們兩人愣住不知該如何是好的時候，她又開口：「想上團體班還是個人班？」

上一對一個人班是父母予我的贈禮，但我的拜師運起初並不太佳。上課時，女老師常拿著免削的拉線蠟筆在我的琴譜上使勁畫圈，她將彈錯的段落畫起來，以蠟筆用力敲著譜架子的邊，怒吼道：「不是都講過了嗎！為什麼還是彈錯！」她常用大紅色和亮橘色的蠟筆，我的琴譜上圈圈點點都是她怒斥的痕跡。「還要講幾次！自己練習！」她把蠟筆往譜架上重重一放，逕自走出教室喝茶。

直到高中，我每每在文具店或光南、金興發等生活百貨商店，看到免削的拉線蠟筆時，心口就會有猛然抽緊的感覺。

被斥責了兩年之後，我才鼓起勇氣向母親提出換鋼琴老師的要求。母親打聽到鄰近一位頗負盛名的男老師，迅速將我換了過去，每週的學費多了一百元左右。倘若女老師的斥罵聲是笞打在耳膜上的鞭子，男老師柔和的嗓音就是流進耳裡的月光。

我年紀漸長，鋼琴老師教給我的曲子逐漸艱深了起來。我學琴的時代流行考鋼琴檢定，但鋼琴老師不建議這麼做，只是要學生多參加比賽，練膽量。我初次參加比賽，他為我選的參賽曲目是貝多芬的《悲愴奏鳴曲》第三樂章。那年我十歲，還不懂何謂悲愴，更遑論悲愴之後的欣快，無法理解樂聲裡頻頻突入的強烈低音，急流般混雜的音符描摹了何種心境。

不過那次比賽我撈了個第十名，抱回一個塑料獎座。銀色杯身，下方有小學生拳頭般大的寶藍色塑膠仿寶石，放在家裡直立式鋼琴的白色蕾絲墊布上好多年，勉強稱得上是給繳學費的父母一個交代了。

鋼琴老師知道我得獎後稱讚了幾句，照樣用溫和的嗓音細細與我檢討指尖運行時不夠順遂的幾處。有時我會仰望著身材頎長的他，心想，是第十名不夠好嗎？我第一次參賽就得獎，為什麼不多誇讚我幾句？但是望著他慈藹的面容，又覺得像他這種神仙人物，不屬於這個世界的俗人如我，不可能猜中他的心思。

六年級時，我「決定」報考某升學國中的音樂班——不過，其實那並不算是我的決定。我那個年紀，大人替我決定好的事，沒多久也會逐漸成為我的決定。距離考試日期只剩下半年，老師與母親很快就做好了考試的準備，安排我多學習一項中提琴，作為副修考試的樂器。老師也影印了好幾頁古典音樂知識，讓我帶回家背誦。即使對於音樂班毫無認識，我還是遵照大人的意思，用心背誦「古典樂的舊約聖經和新約聖經分別是哪些作品？」這一類的音樂史考古題。

我對中提琴同樣毫無概念，只知道福爾摩斯和《流星花園》裡的花澤類都擅長小提琴。小提琴乃弦樂王者，但競爭者眾多，我只剩下半年準備時間，不可能在考試中得到太好的分數。老師打聽到該校缺乏中提琴手，母親便在老師的推薦下買了把二手小提琴，再由老師將四條絃更換成中提琴的絃，教我拉奏。我開始摸索弦樂器，每日放學後練習，初期練習的成果，根據來家裡作客的舅舅表示：「那是什麼鋸東西的聲音？」

老師也要求我利用週末去他家上額外的課程，同班的還有他幾位學生。聽寫考試的練習，是先播放單音與和弦，我們聽完後要立刻在空白五線譜上寫下是哪幾個音符。還要學習樂理，大三度由四個相鄰半音組成，小三度則由三個相鄰半音組成，大三度和小三度堆疊出基礎和弦。雖然要花費額外的時間補習，但週末能在老師仙境般的公寓裡待上一天，我深感幸運，凝神諦聽，埋首寫題。

那時我十二歲，初經已來，某次換下衛生棉後卻發現老師家中衛浴竟沒有垃圾桶，頓時嚇出一身冷汗。我在衛浴裡四處摸索找了許久，卻怎麼看都沒有長得像垃圾桶的容器，著急到想開門喚老師前來幫忙。

但隨即又想，要詢問溫雅俊秀的男老師「換下來的衛生棉要丟哪裡？」這種事實在丟臉至極，只好把使用後的衛生棉小心翼翼捲起來，用新拆封衛生棉的塑膠外包裝捲好，黏起，放入隨身儲放衛生用品的小包內。走出浴廁後，裝作沒事人一般，偷偷摸摸放入自己提袋。

寫題目時我滿腦子都是染血衛生棉躺在包內的情景，深怕自己的提袋內傳出不應有的血腥味，也不知那些樂理習題是怎麼寫完的。（事後才想起，也許老師的公寓裡還有另一間衛浴，否則師母的衛生用品該丟在哪裡？）

就這樣過了半年，我跟著大人設定好的軌跡走，心底卻很清楚自己半點也不想考上音樂班。初入青春期的我反骨地認定，為了考試刻意學習中提琴是很做作的行為。但只要想到這是敬愛的鋼琴老師的建議，便深深責備自己不該有這種想法，耐著性子日日將中提琴架在左邊肩脖裡，試著用馬毛弓弦拉出距離「鋸東西的聲音」遠一點的聲響。

某次下課老師對我說，如果我順利考上音樂班的話，就得換一位鋼琴老師。這話對我而言彷彿五雷轟頂，接下來他說的理由我一個字也聽不見，眼眶裡淚水滾來滾去，強忍著不敢流下。

老師見狀一個字也沒說，只是轉身走進房間，獨留我一人在他家客廳。我趁隙擦掉眼淚，沒多久他便帶著一盒巧克力走出來，是我曾在機場免稅店看過的那種。紙盒包裝的巧克力在光亮潔淨的免稅店角落堆疊成小山，盒上印有世界各國的風景圖案。他遞給我的那盒，上頭是新加坡的純白魚尾獅。

「這個給你。」這麼單純的幾個字，由老師口中說出來卻像微風拂過草原。我下意識地接過，說了聲謝謝，沒想過這麼做究竟是不是答應的意思。

我過著陽奉陰違的日子，每天放學後練習考試曲目，背誦古典音樂知識，寫無聊的樂理習題，就這樣迎來了考音樂班的日子。

考試的早晨空氣陰冷，天色暗灰，是那麼地我。

我拉奏中提琴時為我伴奏的男孩也是老師的學生，老師特地請他來。每回練習他都十分盡力，他母親和我母親在一旁聊得愉快，眾人皆不知我心裡有愧，滿心只想混過考試，因為唯有如此才能繼續當老師的學生。

中午，我在考場旁的休息室練習下午待考的中提琴時，弓弦還不小心戳中鄰座同學的臉頰。為了這場考試，我要道歉的人多不勝數，如今又多了一個。

後來果真如我所料，準備不足的我並未考上音樂班，但只學了半年的中提琴，分數卻意外地高，我百思不得其解。大人們懊惱，我卻暗自竊喜，有種悖德的快意。

沒能考上音樂班，唯一的路就是繼續升學，鋼琴遂成為一可有可無的存在，中提琴自然也被棄置在客廳角落。我念了家裡附近的普通國中，數學、英文、理化，樣樣都補習，每日練琴一小時逐漸成為負擔，學琴這件事遂成為一尷尬的存在。

後來，每當我坐上琴椅，翻開琴譜，十指落到琴鍵上之時，心底就會升起一股窒息般的感受。逐漸被課業壓垮的我甚少練習，有時甚至拿翹不練，卻在上課時一次又一次試探鋼琴老師的底線，又在一次次的拖延裡獲得他的原諒。

每個月上課四次，我大約會找藉口請假一次，理由不外乎是學校課業繁重。僅存的上課時間裡，老師依然溫柔地喊我的名字。聲波從他的唇間抵達我的耳膜，像是已然冷硬的胸口乍然被月光包圍。但我再也沒辦法正眼直視他，也完全無法在他面前竭盡全力地彈奏了。

最後一次上課那天，老師還不知道今後的課我將會永遠請假。他拿出一首巴哈協奏曲讓我試彈。「能彈協奏曲，代表你又進步到下一個階段了。」老師躍躍欲試，我內心也非常喜歡這首新曲，在老師示範時盡情想像主旋律鋼琴與一整個交響樂團協奏的壯麗風景。心裡卻明白自己即將升上國三，已經逐漸失去對音樂負責的能力，再怎麼氣勢滂薄的協奏曲，也與我無關了。

那天我彈得越好，心底的樂聲就越喑啞。

合上琴譜那瞬間，鋼琴老師還在身旁微笑著。可我知道那幢仙境一般的公寓，鋼琴老師雙手御風，指下珠玉的琴音，都將夢一般散逸了。

錯位

明明是回家，卻像是作客。

我端坐在曾經米白的沙發上漫不經心嚼著便當，一粒瑩白的飯粒掉在上頭，襯出它骯髒的灰黃。舉目四望，屋裡一切如舊，物件都好端端地待在應然之處：電視立在矮櫃上，茶几瑟縮屋角，沙發組圍著正方桌案擺放，一切仍是原先那個客廳的模樣。餐桌邊的餐椅仍是四張，就連需要清空才好搬動的冰箱——我不禁打從心底佩服起母親來——也不可思議的整齊，長據門側的醬油膏沙茶醬與沙拉醬等，瓶瓶罐罐依照高矮順序一字排開，彷彿它們自始至終未曾離去。

離去的反倒是人。這是幢終年霉雨的屋子，地磚的顏色始終是哭過的，大片黃褐斑點群聚天花板角落，狹窄的一字型廚房僅容一人，浴室的壓克力門板和塑膠浴缸皆泛成了舊牙的黃。搬家的過程是一場旋風，將我們連人帶家具颳進這間陌生的老屋裡。

打從踏進大門開始，父親的叮嚀就未曾間斷：「電視遙控器換了」、「廁所燈在這裡」，但是他語句清淡，拖著將息未息的尾音，讓我誤以為自己僅是名即將遷入的房客，他不過是領我看屋的房東。

然而他為我做的卻遠比最好的房東多太多了。那些來不及開封的紙箱，一落落蹲踞在屋內各個畸零角落，大門邊，矮櫃兩旁，樓梯下方的凹壁，「裝有你東西的那幾箱，我全都用紅膠帶標好了」，他又指指我的舊電腦，自從買了筆電後幾乎沒再開機過，「電腦桌在這裡，桌上的東西我原封不動搬過來，印表機也裝好了。」他的語氣平緩如常，每次開口，卻只說一句就打住，頻頻回頭，彷彿在等待些什麼。

我究竟是怎樣一個冷漠的孩子，才能不回應他的所有邀功呢。

半小時前我踏出車站，家鄉烈烈的風以熟悉的力道撕扯我的長髮。即使大半視線皆被凌亂的瀏海遮蔽，我仍舊一眼便能從列隊的車陣中認出父親的那一輛。寬敞的車內，我卻被四面八方湧來的沉默壓得喘不過氣，幾乎窒息。父親總是率先打破靜默，說的都是意料之中的那幾句：

「錢還夠用嗎？」

『夠。』

「需要的話就直說。」

『謝謝。』

曾幾何時，我們的對話只剩下這些。

他以為畢業後我就要出國念書了。我說，打算就在國內念研究所。我沒說下去，他也沒問下去。突然他又提起股票盈虧之類的事，對那些運籌帷幄的名詞和策略，我是一點概念都沒有的，僅能回以幾個間斷的語助詞：喔。好。哇。

緊接著，一陣彼此最熟悉的沉默如海潮將我倆淹沒。這種沉默，自從他離開後我們練習過幾次，很快就上手了。我們不常見面，卻熟練得能夠立即築起一道緊實的隔音牆，讓所有的話語都在半空中碰壁，默契難得地好。

那些話或許是寬慰，意思是無論我想去哪裡念書，他都負擔得起。從後座斜斜往駕駛座看去只能看見父親的側臉，鬆弛垂皺的下頷，更加稀疏斑白的髮鬢……上回見面是過年，不是闔家團圓的除夕圍爐，而是大年初五。那時他的頭髮似乎沒這麼少。正午的陽光像針芒盡往眼裡扎，我幾乎不認識駕駛座上這個人了，就連不常見面的朋友也知道我將來的去向。

父親趁著年假出國了，和他的情人一起。

無論他給了多少關切，都會被年初五的記憶給強硬地取消——眼眶裡的水氣聚集成膜，酸苦的感覺像哽在喉頭的魚刺，吐不出也嚥不下。

他沒待多久就回去工作了，留我獨自在家，作客。手中的便當還是溫熱的，我非常餓卻只嚼了半個，再也吞不下。我將便當盒扔進塑膠袋內使勁綁死，等著傍晚的垃圾車。果皮菜梗，油漬屑渣，即使是最難處理的廚房垃圾，只要丟進袋裡交給清潔隊，自有專人打包所有煩憂，還我一幢爽然清潔的居所。我一面使勁打結一面想著，要是酸苦的記憶也能丟得如此乾淨就好了。

租來的房子很老，而且窄，上樓，下樓，不到三分鐘便逛完一圈。客廳裡還留著原屋主棄置的巨大電視櫃，深到發黑的原木色調令我想起奶奶家的那一座，集擺設與儲藏功能於一身，占滿整面牆的龐大體積，再加上沙發組與大小几案，令原先就不大的客廳顯得更加擁擠。我走到牆邊，才發現角落裡還塞著一張單人沙發，兩邊各緊靠著一張長沙發，中間毫無可站之處，上頭胡亂堆疊著報紙雜誌與大賣場傳單，弟弟的舊背包被壓在最底層。

被棄置的單人沙發是爸以前常坐的位置。有一陣子他突然迷上看電影，不上班的時候，他會坐在那張沙發上，翹起腳，剝幾顆蒜味花生，手裡的遙控器總是在幾個洋片頻道切來換去，HBO、東森洋片、Star Movie，我們對這些好萊塢的片子已然爛熟於胸，熟到在頻道隨意切換後的五秒鐘內就能喊出片名和主要演員。從前他還在的時候，我們常打賭著玩，卻老是分不出勝負。

後來他嫌那些商業片總是一成不變，不看了，轉而前往百視達，每次都抱回一大疊片子，大多是歐洲或日本片。在家人都熟睡的深夜裡，他獨坐客廳，緩緩咀嚼花生，以及那些數分鐘內連一句對白都沒有的長鏡頭。有好一段日子，即使到了下午，DVD放映機的餘溫都還在。

不過，就在他把睡衣和牙刷都帶走，只留下那張就此冷卻的沙發之後，放映機就再沒有燒壞的可能了。

我上二樓打算整理衣物。主臥室裡有座高聳至房頂的舊衣櫃，櫃身是拙樸的深褐色，垂老的濃綠門板鑲著若有似無的黯淡金邊。這種脫妝的老家具除了放衣服之外，最適合給小孩捉迷藏，小時候在奶奶家，只要翻開衣服躲進去，貼著木壁屏住呼吸，除了爸，沒人找得到我。現在的我早就過了玩捉迷藏的年紀，不過，即使爸不用找就看得見我，我也不知該怎麼對他笑了。

這是所狹仄的暫棲之處，曾經占滿一幢透天厝的記憶全被壓縮進來了，還有許多仍安好地冬眠在未曾拆封的紙箱中。年都過了好一陣子，氣溫卻絲毫沒有回升的跡象。依著紅膠帶的標記，我翻找出裝有冬天衣物的紙箱，抽出一條毛呢大圍巾將自己層層包裹，捧著一杯熱茶，回到冷涼的沙發。我望著沐浴在午後陽光下的客廳，屋子雖然小，窗戶卻如此慷慨，陽光將陳舊的家具鍍上一層薄透的淡金，讓它們不再黃得難堪。

未來半年都要在這裡過了。窗外傳來敲打與鋸木的音噪。剛才進門前，我瞥見好幾個工人忙碌地穿梭在斷牆破磚之間，國破山河在，原先的家已成廢墟殘壁。昨晚母親在電話裡說，雖然牆壁已經打掉了，但進度還是不夠快，她希望籌劃已久的嶄新裝潢能立即動工——雖然修補一樁崩壞婚姻的機會很渺茫，但是，倘若家屋能成為一幢更宜棲息的住所，至少，至少能稍稍撫慰她殘破的信心吧。更改水管動線後，牆壁便不會再生出灰色癌斑，毛髮與灰塵也無法藏匿在新鋪的木板縫裡，洗碗槽裝上熱水開關，家人就不必再為冬日洗碗煎熬，母親手指紅腫脫屑的老毛病也不會復發。

我自然是期待的，畢竟誰不想要鋪有光亮木板的新房間、飄散原木芬芳的大書櫃？淋浴時再也不必忍受忽冰忽燙的水柱、流量孱弱的蓮蓬頭、長年未乾的浴室地板，還能自由選擇磁磚的花樣、粉刷牆壁的顏色……這樣一想，彷彿此間賃居的所有不適皆可忍耐，所有的權宜都可接受了。

果真是這樣嗎？

聽見他關上大門的那一刻，我不敢問自己。

其實都可以不要的。不要嶄新的液晶電視，不要母親獨睡的主臥房，無須週週上高級餐廳，也無須光滑適手的3C產品。生命和家屋一樣，有一種空缺，是這些多餘的事物永遠填不滿的。

不過，這世界從來就不問你要不要的。

父親結束旅遊的那天，年初五晚上他打開奶奶家的大門，手上提著好幾個大紙袋，空氣僵凍的客廳裡，我分不清那究竟是給家人的紀念品，還是他來作客的伴手禮。奶奶除了喚他吃飯之外什麼也沒說，媽的臉色是我見過最鐵青的一次，只有弟弟興高采烈拆著包裝紙。正當他忙著將羊羹和仙貝一字排開，浩浩蕩蕩擺滿桌面時，我發現堆在桌腳的數個紙袋上全都印有機場免稅店的字樣，平整無痕的模樣，應是上機前才包裝好的。我們是他於旅行結束前才想起的。

在我逃離客廳的前一秒，爸裝作沒看見沙發一角鬧胃疼的媽，捧著滿手東西走近。「來不及了」，我想。他手中的零錢包和手機吊飾，竟然都是我喜愛的樣式，還有閃耀細緻光澤的高級耳機，他說，價錢比臺灣的貴一倍，遞給我和弟弟一人一副。

那時的心裡藏了太多酸澀的問題，當下卻一句都問不出口。「謝謝」表示接受，問「你和誰去」則太多餘，或是我根本不該伸手，只須轉身離開。不過，或許是由於他灰敗疲憊的面容，或許是由於奶奶默默垂下了她稀疏花白的頭，最後我竟然點了點頭。我恨自己只能點頭。

如果當初我沒有點頭，或許他就不會離開了。

母親告訴我，家的外觀不會有多大改變，但內裡肯定煥然一新。數月來我陪她逛街看家具，比較各家氣密窗，挑選大門樣式。從家飾店離開已經兩小時了，她依然念念不忘那張鄉村風的米白餐桌。在一家即將收店的家具館內，她還半開玩笑地指著那座小巧精緻的象牙白雕花梳妝檯告訴我，「想要的話現在就買。」她的心情難得這麼好，「改裝潢可以改運呢。」她自信地說，笑得卻不夠真。

客廳裡不知不覺已經暗了下來，彷彿有人捻熄了陽光的開關。窗外開始飄起晚春的雨，玻璃外面的雨，看久了，一絲絲走進眼睛裡。電鑽聲從未間斷，我彷彿可以就著聲音想像，被灰色腫瘤占據的醜陋牆壁是如何被一面面敲毀，大塊龜裂的地磚被一片片掀起……我不曉得該如何移除一幢房子的血肉而不傷其筋骨，我只知道，毀壞一個家的過程很快，重建則不一定，畢竟那是整座生命裡，最最困難的事。

一定能逐漸習慣的，習慣這個既陌生又熟悉的世界。

意若思鏡

I show not your face but your heart's desire.

——*Harry Potter: the Sorcerer's Stone*

國小時我是《還珠格格》粉，很著迷於那種生死相許的愛情。就是那種全套小說看五遍，每一集重播都不錯過的著迷。對我來說愛情就是山無陵，天地合，乃敢與君絕，否則就不是愛。

書看多了也自曾幻想自己是紫薇，雖然心知肚明沒有這麼胖又不會作詩的紫薇，但至少那種安靜愛文學的女主角，是讀過的書裡和我比較像的。

J是我的初戀，也喜歡我這樣溫良恭儉讓，彷彿〈女則〉裡走出來的一般。我的高中是以保守嚴厲著稱的第一志願女校，為了和J時常見面，我選擇了和他同一間補習班。那裡只收第一志願的學生，一屆只有三四十人，學費幾乎是別家百人補習班的兩倍。

初次走進補習班我就被咖啡廳一般的休息區給震懾了，溫柔的黃光，玻璃桌面擦得晶亮，光亮的壁紙平整地切齊牆面，上頭隱約浮現幾條化學式，$\pi = 3.14159265$，「我思故我在」的英文原文。而自私的我就在那間座椅嶄新，白光燦亮的貴族補習班裡，用溫書的時間偷偷約會，用坐在他身旁的時間，一點一點，儲備回家的勇氣。

那時我以為有人愛我就很幸福了，可是什麼是愛呢？有人肯和我交往就是愛吧。J常生氣，約會遲到五分鐘就生氣，怪我不早點下樓。我穿一件朋友替我選的紫紅碎花細肩帶背心，外面套一件白色罩衫，他皺眉，說「帶子太長，你胸部又大，你怎麼敢——」他不停搖頭。

我覺得自己真不要臉，問他該怎麼辦。他要我下次見面時把那件背心帶來，他要帶回宿舍，親手替我把肩帶縫短。

但他很照顧我，尤其在那間都是菁英的補習班，我特別需要保護。

我對那間待了三年的補習班其實很不適應，生理上的。高中是才女輩出的女校，我一見數學就泫然欲泣，所以來補數學，因而見識了大人的世界。常春藤名校畢業的數學老師總是炫耀他交過的女友多達二位數，現任妻子還曾是空服員。對照他矮胖的身材，講臺底下的高中男生欽羨不已。下課時那些數理資優班的男生圍在老師身旁，大聲嚷嚷著講義的題目不夠看，要算醫科的題目。他們笑著經過我座位時，我把零分的小考試卷悄悄塞進抽屜裡，耳根發燙。

其實也不是真的不會，只是下課前的小考老師只出兩題，給十分鐘寫，而我經常在驚慌中整個地錯失了。高三時甚至，老師才在黑板上寫完題目，我就猛地低下頭，旁人以為我正抓緊時間解題，其實我是為了讓瀏海遮住眼睛。

改考卷，我當然一題也未曾對過，總在人群中拉長著一張臉走出教室，不知該用什麼表情面對那群男生。J會安慰我，但我還是偷哭。我也經常不知該怎麼面對班導師，上課前大家都在吃晚餐便當，我坐在高腳椅上背對眾人，只靠一杯珍珠綠茶撐過去。她老愛在這段時間到處梭巡，不忘問我「你這樣吃得飽嗎」、「上次小考你又零分，加油好嗎」。

不過我的文學初戀其實不是《還珠格格》，而是兒童小說「小木屋系列」。主角羅蘭（又譯蘿拉）是美國拓荒者的女兒，但我那時根本不懂什麼拓荒歷史，只覺得羅蘭就是我想成為的人。她敢一個人騎馬，敢捉弄討厭她的富家女。她有一頭棕色長髮，經常披頭散髮穿裙子在草原上奔跑（那時我還不知道她只能穿裙子），最要緊的是——她還敢槓上老師。

羅蘭和妹妹的學校因為學生太少，所有人共用一間教室，一個年級坐一排。其中一排座椅的螺絲鬆脫了，學生在座位上挪動時不自覺發出聲音。那排學生只有兩個女孩，包含羅蘭的妹妹琳琳。女老師以為她們故意吵鬧，要求她們持續搖椅子，「不准停下來噢」，年輕的女老師甜甜地說。

搖沒幾下，另一個女孩站起來，大踏步走開了，女老師裝作沒看見，座位上只剩下琳琳。她不到十歲，瘦得要命，座椅大小就和公園長椅一樣，她只好一個人前後搖晃，搖到快哭出來。

羅蘭立刻放下手上的課本，起身穿過幾排座位來到妹妹身旁。她坐下，抓緊桌子，使盡全身力氣用力搖起座椅。咚、咚、咚——羅蘭已經滿十四歲，她爸爸說她像小馬一樣強壯。咚、咚、咚、咚、咚——又一顆螺絲鬆了，咚、咚、咚、咚、咚、咚、咚——所有的螺絲都鬆了，整間教室都不必上課了。

「你們出去吧。」女老師依舊微笑。

咚！整間教室一片死寂。

她們被逐出教室了，這在當時可是天大的懲罰，足以傳遍整個鎮上的大新聞。羅蘭說她好怕回家被爸爸拿鞭子抽，但當時她只覺得痛快。憤怒的羅蘭，拯救妹妹的羅蘭，強壯如小馬的羅蘭，是我注定永遠無法成為的人。

於是羅蘭就這樣被我拋棄，因為太愛了。

後來我幸運考上第一志願——破天荒的那種幸運，跌破補習班所有老師主任同學的眼鏡。但我和J並未分手，在臺北仍努力維繫著關係。我如願進了外文系，念女性主義，膽子越來越大，同時正視起心底的作家夢，開始寫作。

J雖然沒考上第一志願，念的依舊是人生勝利組的系。我們之間的差距越來越大，我修了一門文學概論，像是下意識想證明什麼似的，在約會時將課堂內容鉅細靡遺說給他聽。我說得越多，J的回擊就越猛烈：

「作家都很自以為是。」

「小說都是假的，那種幻想的東西有什麼好看。」

我以為他在開玩笑。我逼自己相信他在開玩笑。

那天剛好吃他喜歡的日本料理，我像一個循循善誘的老師，面對拒絕學習的孩童，我指著他的生魚片丼說，你知道文學就像是什麼嗎？我教授說，讀文學作品就像是你在吃鮮美的生魚片，但作者幫你把芥末的部分先吃掉了。你可以在腦中歷經千奇百怪的冒險，卻不必親自體驗那些痛苦。

雖然我知道芥末的功能是帶出鮮味，但此時我管不了那麼多了。我睜大眼睛看著他，滿懷希望他能說點什麼。而他也順理成章微笑著，說出一句我一輩子都忘不了的話：

「你哪來這麼多奇怪的想法呢？嗯？」

他的右手橫過桌面，像摸一隻小狗般撫摸我的頭。

這就是我嚮往已久的，生死相許的愛情。

約莫一年後我們正式分手。會拖那麼久其實也是我的懦弱。那次約會之後我加入一個文學社團，交了新的朋友，不知不覺喜歡上會寫詩的學長（他甚至出過幾本詩集）。我藉口系上忙碌，開始拒絕和J見面。直接提分手我怕他生氣，我好怕他生氣，他生起氣來就會罵我。

我只敢走出寢室避開室友，用電話和他說我想暫時分開一陣子，掛上電話後立刻逃回房間。他知道我老家地址，也知道我大學宿舍，幸好我從沒說過寢室號碼。

我還是沒辦法徹底拒絕他的邀約，可我也明白這段關係實在無以為繼。某天晚上吃完一頓悶悶的飯，他騎車送我到捷運站。五年的感情變成這樣，我不知如何是好，下了機車目送他離去，卻沒立刻走下樓梯。我整個人煩到不行，在想要不要去社辦找人聊天，說不定還可以遇到學長……正在發呆的時候卻發現他打手機來，厲聲問道：「你為什麼站在那裡不下去？你在等誰？」

我立刻躲回宿舍，好幾個禮拜都不敢接他電話。

到了期中考那陣子，我每天看書看到頭腦發脹，忽然手機震動，他又打來，我也不知哪來的勇氣，立馬接了。電話另一頭傳來斷斷續續的哽咽聲，他哭到上氣不接下氣，說自己受不了了，現在就要一個答案。

嗯，那就這樣吧。我說。

❀

分手快十年了，其實我一直都記得他對我所象徵的一切輕視的來由，只是不願面對。他家有一整排未拆封的《哈利波特》，整整一到七集，塑膠膜都完整無缺地包在外頭。

「為什麼不看？」我問道。

『我媽買的。』

「你媽買給你不看的書？」

『我看到一堆字就頭痛。』

知曉了他恨的緣由，那時還相信自己深愛他的我溫柔滿溢，包容他所有的根瘤與結節。

其實我一直都沒有告訴他，哈利看到的意若思鏡，原文是erised，倒過來寫就是desire。鏡子裡顯現的不是對鏡的人，而是那人心底最深的渴望。如果哪天我真的站在意若思鏡前，我看到的也許不是我們。

那些我最珍愛的文學作品，我讀它們就像對鏡。也許我只是需要一個人陪我演一場還珠夢，再將那個被我拋在意識底層的羅蘭，撿回來。

一口

這藥方能還你本來面目，但是過去的都會回來。

深怕觸犯一臉嚴肅的老中醫，半信半疑的我只好點頭，走出診間時嘴上不禁碎唸：什麼回不回來？好詭異。春天本來就是過敏季，偶爾噴嚏鼻水，頂多起紅疹一下就消了，媽卻大驚小怪硬逼著我去診所。

燥晴，或憂傷而綿長的雨，宛如躁鬱症患者般反覆的春季，一日內溫差可逼近十度。毫無食欲的某日我隨意喝了西瓜汁充饑，手機螢幕顯示三十二度，難怪。沒想到才過午，天驀地暗了下來，結實的深灰雲層掐住高樓的咽喉，整座城市都呼吸困難，連我長年阻塞的鼻端都能嗅到溼氣。

課堂上教授正講著李商隱，到了「芙蓉塘外有輕雷」一句，窗外突然「轟隆」好大一聲，全班都笑了。雨點般的笑聲中，豆大的雨珠頃刻落下，冷意如蛇竄入領口。不久頭皮卻開始發熱，我下意識抓了抓，沒在意。直到前方同學傳來講義，我抬頭，轉過來的她差點沒驚叫出聲——大片大片的紅疹從我的髮際延伸到唇邊，指尖到處是一道道縱橫交錯的粉紅軌跡，蛇行至頸項、鎖骨、胸口……

我嚇壞了，一面忖度著要去向老中醫求救，一面安撫同學，沒事沒事，過敏罷了，雙手忙著上網搜尋到底怎麼回事？作息正常不熬夜，按時吃藥也沒亂吃東西，除了剛才的西瓜汁——鍵盤上我的十指飛舞，資料瞬間顯示在螢幕上：西瓜性大寒，有天生白虎湯之稱，清熱解暑，脾胃虛寒者不宜。

課後我飛奔至診所，頭臉的疹子已經消了，剛才的混亂像一場過於精緻的噩夢，證據只剩泛紅的抓痕與破皮。嘴唇卻越來越腫，乍看是無數細小的疹子，近看竟是水泡，嘴一微張便痛到嘶嘶吸氣，雙唇彷彿針包。

鬚髮近乎全白的老中醫向來不疾不徐，觀察臉部，問問題，探脈，此刻我卻覺得他實在太慢了，慢到我好想把他桌上的紙筆把脈枕甚至那一小尊佛像都掃到地上。終於，他開口說明不是感染或食物中毒，「脾經開竅於口，」他解釋，「過去的都會回來，熬過就好。」他叮囑幾句該忌的食物，稍改一下先前藥方便結束看診。

這下不信也不行。還能怎麼辦呢。忐忑等待「過去」的焦躁彷彿獨坐漆黑影廳等待一場正要開演的恐怖片。膽小如我從來不看恐怖片的。果然，唇上水泡腫脹如大沸湯鍋，我按照醫囑忍著，僅用棉花棒輕輕抹上凡士林。才痛幾天卻像幾年，唇角只要輕輕上揚幾度，細針立刻狠狠往唇肉刺去——我正因貪嘴或畢生說過的大小謊言受罰嗎？那陣子我一句話都不敢說。

不能說話還好，不能笑簡直要我的命。從小愛笑，但我逐漸發現唯一能放肆笑開的時刻只有拍照。也許我生來缺乏判斷場合的能力，日語說「空気読めない」，不會讀空氣，就是中文的白目，例如老師走上講臺時絆了一跤，我憋不住笑；同學失戀大哭的樣子真醜，我笑，笑到朋友扯我袖子到一旁低吼：白癡，沒看見他們瞪你？我嚇了一跳。真的不知道。

我學會吞下聲音。小圈圈外的日子不好過，看班上那幾個邊緣人就知道了。於是畢業紀念冊每張方正大頭照裡眾人皆矜持，唯有我大笑露齒，雙眼兩彎新月。

好不容易上高中，純女校，教官老愛吹哨喊住違規同學。長襪顏色只准黑白，球鞋圖案不可超過鞋面八分之一。規矩多又嚴，卻是我生命中最自在的金色時期。除了吃零食聊天打排球，女孩們最擅長毫無顧忌地大笑，即使笑到拍桌、笑到吊扇震動，也不會引來旁人「沒教養」的譴責目光。

那段日子課本教的很少，人教會我太多。

十七歲，還不知安靜為何物的年紀。夏天才到，我們剛進教室就迫不及待脫下悶熱百褶裙，套上運動短褲，有人連皮鞋都脫了，一雙藍白拖啪嗒啪嗒走遍全校，多瀟灑。如果看到走廊盡頭隱約出現軍綠色影子，趕緊繞道就是了。

小卓就是這樣的人。校隊的王牌選手，一頭俐落短髮與頎長身材，排球場上的英姿迷倒不少學妹。我最愛看她笑，黑亮的眼全世界最澄澈，像寵物店玻璃窗裡的小狗。

雖然親暱，有時身處一大群女孩裡仍令我厭煩，太過細密的心思，連一奈米大小的得失都要計較。

但小卓不同。她有女孩的纖細身材，卻擁有男孩的爽朗與瀟灑，其他人和她一比都太軟弱太剛硬不夠明亮缺乏質感。這些話當然要藏在心底，她若發現還得了。

所以同班一年後我和她才因排球賽相熟。上高中前我從未碰過排球，體育課練習，半小時下來我只要成功將一顆球發過網就算進步了。性急如小卓簡直看不下去，決心教會我基本技巧，好強如她絕不允許自己班級在發球上失分。

差勁的球技無法澆熄我對排球的熱愛，我好愛看球以拋物線劃過球場上空那幾秒，黃白藍三色球痕，天空用力微笑。我更愛看小卓發球，左手拋球的同時右手向天延伸，陽光在指尖閃耀，就在球即將被地心引力下拉的五分之一秒前右手狠狠拍下！對手只看見一顆灰色砲彈擦過身旁，空氣中隱隱然有焦味。

得分時她會大聲歡呼，露出一口閃亮白牙。場邊歡聲雷動，學妹瘋狂的尖叫聲好刺耳，我不禁皺起眉頭，隨即舒開眉心——的確，誰捨得不喜歡她？

她教我接球，「兩手平伸，手肘盡量靠近，用手腕形成的部位接球」，她的雙手由背後越過我的肩膀矯正姿勢。「球來的時候，就像這樣……」她微微蹲下，說話時溫熱的嘴唇靠在我耳邊，癢癢的。我聽見自己震耳欲聾的心跳，希望她沒發現。

她絕不能發現。那是不可以的。

許多年了，我還記得她微笑時嘴角上揚的角度，露出的牙齒數量恰好是牙醫師公認的黃金比例。

某日高中好友聚會，窩在我房裡邊吃零食邊翻畢業紀念冊。我突然發現同學對我的印象除了愛笑之外，竟是「愛吃」。「哈哈你真的很愛吃耶！」我們太愛笑了，就連留言時笑聲也是必備發語詞。「你是溫柔的人，又愛吃，不過我喜歡。」十篇留言裡至少有三篇這樣寫，奇怪的是，我對這件事一點印象也沒有。

我轉過頭問朋友：欸我以前真的很愛吃嗎？三人愣了一下，表情的變化如同面對一張剛發下的數學考卷那樣，皺眉，搖頭，臉上問號永遠比考卷上的問題還多。

直到我伸手要拿朋友的奶茶並說「我也要喝一口」時，才赫然發現這印象從何而來。結伴上廁所逛福利社，放電影時擠同一張椅，共吃便當，共喝飲料，這是專屬我們之間的密碼，用來代替無法當面說出口、就連寫紙條也不敢問的句子，好隱藏自己的內燙外溫，熱水袋一樣的心。

每個人的密碼都不同，「陪我去廁所好不好」是一種，「欸！肥妞！」是另一種，或者一句話也不說，直接了當地占用對方桌椅，無論主人再怎麼威脅推擠都不下來直到上課鐘響，也是一種。我的密碼則是「一口」。早餐、午餐、點心、飲料，我總是要求一口，但僅有少數人知道那不只是一口。

「我可以吃一口嗎？」有人笑我天生嘴饞，有人幫著解釋「別人碗裡的總是比較好吃」。而她們不知道其實我根本不餓，連嘴饞都稱不上。

「我可以吃一口嗎？」翻譯後也許是「我們是好朋友對吧？」「你還在生我的氣嗎？」「我和她，你比較喜歡誰？」……問句被化妝成小小的撒嬌、試探、挑戰，如此曲折，甚至到了無理的程度，一個問題永遠不只一個解答。倘若更親暱點，連開口都省了，眼神示意後便能直接拿走對方手中的食物，吃了再食歸原主。

一口的學問不小，提問畢，換你答。吃慣彼此口水的女孩們很慷慨，溫柔地遞過手中麵包，將吸管湊近我嘴邊毫不遲疑。有人仔細調整三明治的位置，將餡料多的那一側翻到上頭；有人患「口水病」，感情再好也不吃他人咬過的東西，這種人通常會豪爽地將食物丟進我便當盒裡。

偶有冷戰幾天的朋友聽見密碼，僅是面無表情點了點頭，正當我吶吶地不知該如何是好，躊躇半晌後打算離開，轉身前卻從眼角瞥見她在偷笑——此時，那一口是什麼根本不重要。

不過，數年後當我再度獲得一本厚重的畢業紀念冊，卻發現裡頭大多數人我都不認得時，才發現隨時笑著要一口的特權已被時間取消了。我必須學習分辨笑容的種類：真正的稀少而明確，其餘皆是化妝，好比當我試探性地發出密碼，而對方僅說「好啊自己拿」卻正眼也不看你的時刻。

或許是索討過太多不屬於我的一口，我現在幾乎無法進食，連喝水都得用吸管。幾顆較大的水泡開始化膿，棉棒纖維輕輕擦過就破，流出溫熱的黃膿。不言不語將近半月，雖然失去了表達能力，連「痛到齜牙咧嘴」的權利都沒有，靜默的日子卻沒有想像中難熬。我學著不去理會燒傷般的腫痛，萬物皆有時，該學的是等，畢竟許多事不急著說。

同樣是學習，忍痛好學，排球好學，最難的是等待。

那時在小卓的教導下，慢慢地，我不再看到強勁的發球就想躲。雖無法直接回擊，但我已經能接球了。冰敷膝蓋時痛得嘶嘶吸氣，但我一點也不後悔，後悔的是現在才認識小卓，而高中生涯只剩下幾個月。鮮紅的心是一口熱水袋，課本和老師都沒教過怎樣才不會打翻。我就這樣把自己潑了出去，著急地想知道她的一切，愛喝什麼飲料，討厭哪個老師，校隊練球辛不辛苦？喜歡哪種類型的人？

那時還不知貪快很危險。看見我的球技進步不少，小卓轉而訓練下一個人，比賽將近，竟有人連球都接不到。她太忙了，忙著逼人也逼自己，笑容少了好多，但每天放學我還是拉著她練球，每節下課都在她的座位旁打轉，說上幾句話就快樂一整天，根本沒注意她臉上偶爾閃現的厭煩，眉心間升起一股灰色的焦慮。

她想必察覺到了什麼避之唯恐不及的事。那天放學，她抄起書包後就不見了。我捧著球走向喧鬧的球場，卻看不見任何相似的身影。操場上晃了一圈沒找到，正打算放棄，經過體育館時卻發現有雙熟悉的舊藍白拖落在臺階陰影處，鞋主人握著一瓶可樂，眼神垂地，一副若有所思的模樣。

我躡手躡腳走過去，在小卓身後蹲下悄聲說：我也要一口！她猛然抬頭發現竟是我，一把推開，那瓶可樂就這樣灑在我的白襯衫上。

手中的球咚地掉落地面，時間和甜膩的氣味一同凝止在空氣裡。我們都愣住了。我第一次看見那樣的小卓，曾經澄澈的眼睛黑得那樣驚慌……她扭頭便跑，像受傷的小狗，半開的嘴唇沒留下一個字。

洗好的制服還殘留淡淡的咖啡色痕跡，我們的關係就這樣被定型了嗎？我把襯衫收進衣櫃，決定永不再穿。我不要她想起。

隔天，看見她漸漸從走廊那一頭來，我迅速低下頭，腦海裡拚命搜尋所有可用的詞彙——今天是不是有英文小考？要不要一起去買早餐？算好距離，回頭，卻迎上她別開臉的瞬間，本該笑開的雙唇緊抿成剛硬的線。

小卓的座位在我正前方，但她再也不回頭問我「喂老師現在上到哪一頁？」「死定了我又沒帶數學課本」。整堂課我幾乎看不見黑板，目光裡只裝得下她的背影，齊耳短髮，皺皺的白襯衫……天氣漸涼，我的雙眼卻溼熱異常，視線裡的一切輪廓不清，然後模糊，溶解。

比賽也結束了。我以為第三名已經很好，但小卓心中只有第一，隊友說的。我和小卓已經很久不說話了，直到畢業好幾年後我逐漸學會把熱水袋一樣的心拴緊，我們都未曾交換過一個字。我在臉書上看見她照樣打球，比賽，留長髮，從同學那輾轉聽聞她和學長戀愛，分手，再戀愛。我想我是沒機會了，再怎麼不甘心也沒辦法。

起初我打定主意要等，一句話，一個解釋，隻字片語都好。心像繃緊的紘，繃得太累就斷了。直到服藥以來，我硬是忍下將水泡戳破擦類固醇的幾次衝動，一個月來無論冷暖都戴著口罩，等待傷口成熟，新皮漲潮，彷彿海灘上的浪緣。鏡子裡的唇花花的，深紅淺灰慘白，像溼地，混雜卻生意盎然。

也許真正的等待是不再等待。

回診時，老中醫還沒開口我便迫不及待地說，過去真的回來了！他愣了一下才回答：那當然。過去你怎麼對待身體，現在身體就怎麼回報你，吃我的藥要有耐心。我差點就要回答，最難學的不是忍，是等。

就像畢業紀念冊裡放肆展示一雙雙粉唇好牙的女孩，她們曾接收我的密碼，慷慨地分給我手上的和心裡的一口。比起課本，她們教會我更多。

草莓人

現在的書局都被卡娜赫拉和艾莎安娜他們攻占了，誰還記得草莓人呢。

國小時最常去的書局就是姨丈公開的那家。升上三年級後我說，我不想上安親班了，我媽說好，但你要寫更多評量，寫好自己拿給我看。於是每次開學，由我媽帶著去書局買評量和文具就成了例行公事。

挑完參考書之後才能去買喜歡的東西，這是家裡不成文的規矩。不過在與草莓人相見之前，我還得忍耐另一件事。

「大肥貓你來啦！你又胖啦！」

每次看見我，姨丈公的開場白永遠是這句。

「大肥貓聽說你月考第一名啊！哎喲很厲害啊！」他站在高高的櫃檯後方，雙眼朝下戲謔地看著我。

我不想抬頭。日光燈很刺眼。

過了門口這一關才能進去找草莓人。

其實草莓人也不過就是一顆長了四官（沒有鼻子）的草莓，臉上有兩顆粉色大腮紅，還有四分音符一樣的手腳。我也不懂我為什麼這麼喜歡它。

和草莓人同屬淘氣家族系列的還有藥丸人、包子人和花生人，雖然知音文具公司的當家花旦是凱西，但我最喜歡的還是淘氣家族，收集了一大堆貼紙信紙筆記本。

淘氣家族其實很像現在的 Line 貼圖，長出雙手雙腳的小草莓小芭樂，擺出各種搞怪驚訝尷尬可愛的表情。旁邊有手寫字體的「YA!」和「阿里阿豆」的貼紙很適合貼在交換日記和信紙上。

除了淘氣家族，我心目中的第二名是泡泡小姐。她名叫 Bubble，有濃濃的黑眉毛，一頭金黃色的中長髮彎彎翹起，常常講英文，還有一個叫做 Ben 的男朋友，我以為外國人就是長這樣。泡泡小姐也經常出現在信紙貼紙筆記本上，粉紅淺黃水藍，顏色超級夢幻。包裝上的泡泡貼紙說這是心情本子，「很適合我們這種愛做夢的人唷！」所以國小高年級到國中生都好喜歡她。

可是在長大到那個歲數之前，我只能忍耐。

「大肥貓你又來啦，考第一名我幫你參考書打折啊。」姨丈公的下巴上有一顆很大的痣，咖啡色的，上頭有一根不長不短的毛，隨著下巴的開合在空氣中抖動。「哎喲要走啦，下次再來啊，大肥貓你少吃點啊。」

在書局裡我始終沒有說話。日光燈刺痛我的眼睛。

我知道他不壞。他偶爾會誇獎我考第一名，還會送我喜歡的《BaLa》月刊。我不恨他，我恨自己。

與草莓人相見之後，彷彿所有的不可忍都成為可忍，所有的不公都變得可以接受了。

《BaLa》月刊是我心目中的夢幻逸品。那是知音公司出的一本小雜誌，比家樂福

DM還薄，只要二十元，裡面的內容都是插畫家們的心情隨筆，寫寫畫畫。我最喜歡《看！看我們花一千元給你看看看！》那一期，光是把標題唸出來我就笑到不行。內容是如果發給每位插畫家一人一千元，他們會做什麼？

草莓人的作者米力立刻發揮她家庭主婦的看家本領，四百買菜五百買雜貨，購物之旅的結尾還買了三十元的紅豆鯛魚燒犒賞自己，連車錢都算得剛剛好。泡泡小姐好像打算跟男友去陽明山泡個溫泉還什麼的。我最不能接受的是怪怪新村的作者BO2（怪怪新村也是我的最後一名，全都是一些眼神不正的山豬犀牛貓頭鷹在對罵「香蕉芭樂」），他說他打算拿一百元去儲值悠遊卡，「剩下九百元全都拿去永樂市場亂買一些奇怪的喜歡的不織布！」沒想到世界上還有這種人。

我從沒想過自己可以擁有這種雜誌，以為這種印滿字的東西是給大人看的，不可能讓小孩訂。只有在姨丈公的書局我可以要到《BaLa》月刊，學校旁的書局都沒有。雖然不是每一期都拿得到，但我還是滿心感謝，感謝他願意為了微不足道的我保留這本薄薄的小雜誌。

我還是喜歡去姨丈公的書局。壓下所有討厭的那種喜歡。

上國中後我就離棄草莓人了。彷彿是為了拋下過往的羞恥般，趁著某種不知名的叛變與騷亂，我沒有再買過淘氣家族的任何一樣東西，學會搭公車之後也不再由我媽開車載去那家過分明亮的小書局。我只在市區的光南買文具，〇・三八的圓珠筆最好用，除了好用之外沒空多想別的什麼。一切與童年有關的事物漸漸淡出我的生活。

升國中前的暑假，媽和我一起整理房間。當她拿著那一小疊《BaLa》雜誌問我要不要丟掉時，我一個沒多想就說好。

多麼令人後悔的一個好。

已經來不及了嗎。

當我以為所有的童年都過了期限，草莓人又出現了。去年搬家時，我感覺書桌抽屜深處隱隱然有笑聲傳出，我伸長手，摸出一小盒圖釘，只見草莓人紅口白牙地朝著我笑，彷彿它從未離開，或從未來過那樣。

Don't Be Naughty

身材像 James Corden 的男老師問我，「你的名字是什麼意思？」當然他是用英文問的，因為這是全英語的閱讀課。

我的英文補習班請了幾個外國老師帶我們讀簡單的英文小說，其中一個男老師擁有比 James Corden 還大的胖肚子，就叫他 James 吧。課本是美國小學生讀的故事書，《湯姆歷險記》和《小公主》這一類的。老師上課講解也是全英文，外國人來臺學中文的熱潮大概還要五六年才會開始。

那天 James 久違地出現在教室裡，我才聽說他去動手術了，縮胃的。他還主動把上衣掀起來給我們看，只見肥肥白白的肚子上有幾個小洞。「one, two three, four.」他數了數，有些還要翻開皺摺才看得見，說實在的，有點噁心。

不過那也是少數我們和 James 距離拉近的時刻，他問了我們一些和課本無關的問題，就像閒聊。當他問我：「What does your name mean?」我立刻絞盡腦汁用我所有的英文能力回答，「My name means...errr...don't be naughty.」正當我滿心以為這是個符合字義的正確答案，又興奮地想著「我的英文已經能和白人老師聊天了！」沒想到坐在講臺上的 James 居然大喊：「OH, SO BORING!」

我不知所措地看著 James，他的小眼睛像麵包上的葡萄乾，裡面閃著促狹的光芒。教室裡忽然安靜了下來。

我沒有多想，轉身用比平常還要大的音量，對著身邊的同學說：「欸你知道嗎，我們班導師教的英文真的很廢！」她的教學能力是有目共睹的低落，別班還有編纂《高中單字七〇〇〇》的名師為她們補強弱項，我們班導師只會照著課文唸完，發下測驗卷就了事，我也不算冤枉她。

「她真的好廢喔！」我把話音用力落在「廢」這個字好幾次，果不其然，講臺上的 James 忍不住開口：「Excuse me, what are you taking about?」我深吸一口氣，轉身看著他——這次，換我的眼睛裡閃著促狹的光芒。「Oh! We are taking about my English teacher, she is...」我不知道他有沒有聽懂，但他聽完只是「oh」了一聲，沒有多說什麼，就坐回講臺上了。

公主體驗營

「笑這麼大聲，要算你們貴一點喔！」

嚴格來說我與《動物森友會》這款遊戲的初識並不愉快。男友出發尋找 Switch Lite 的那個下午，我們換上運動服，徒步走了三四個公車站的距離，打算運動、問遊戲機價格兼買晚餐。推門走進那家遊戲專賣店，與外頭燠熱陽光完全相反的冷氣迎面撲來，裡面從老闆到客人約莫五六人，清一色男性。他們只是抬頭一瞥，轉瞬間又都失去了興趣。

店裡冷氣涼，我一面拿著衛生紙擦汗，一面端詳。他們每個人都很像，極短髮，黑色或深藍色T，配膝上短褲或牛仔褲。無人說話，專心看著手中的遊戲片或螢幕上的遊戲。店裡的大螢幕上正是當紅的動物森友會，櫃檯後的一個高大男人正拿著遊戲把手釣魚。男友問老闆現在有沒有二手 Switch Lite，價格如何。當他捧著老闆遞過來的遊戲機仔細端詳時，店裡大螢幕上的釣竿忽然劇烈抖動，「噗！」地釣上來一隻破靴子。

也許是不習慣這麼緊繃的氣氛，我忽然放聲大笑，笑聲劃破店裡冷冽的空氣。霎時我感覺到店裡所有人的視線都往我這丟來。

「笑這麼大聲要算你們貴一點喔！」櫃檯後那個釣到破靴的高大男人說。

除了男友之外，店裡的人全都看著我笑了。有人大笑，有人笑聲從鼻孔裡哼出來，那麼輕那麼淡，像是我不存在。

「哎喲～不要這樣嘛！」在我還來不及勒住喉嚨之前，這句話就忽然從嘴裡衝出去了。當所有的男人都在看我，在任何一句可能的話語產生之前，我就先笑了。甜蜜蜜地，頭髮上還卡著衛生紙屑。

所以每次當我釣到靴子時，我都重新把自己恨一次。

除此之外一切都滿好的。男友後來覺得太貴，沒在那家店買，轉而在批踢踢上買了二手遊戲機。因為是兩人共有的島，他事事都先請示我。先是精挑細選了有愛心型小湖的無人島，把我們的屋子蓋在湖邊。開島後，要邀請哪位動物來住，他都先詢問我的喜好，每天都把數不盡的家具和ＤＩＹ卡片堆在我家門口。釣魚大賽隔天，我家門口的禮物堆滿一地，如果不撿起來，我連一步也踏不出去。

這個遊戲意想不到的好處，就是買遍各式各樣的衣服。我買盡了所有高貴華麗的洋裝，從仙度瑞拉的藍色蓬蓬裙，到睡美人的粉紅色禮服，還有水藍色的阿拉伯公主服，差一個頭飾和髮辮就成了茉莉公主。我也把房子布置得粉嫩可愛，粉紅色皇冠壁紙，白色鑄鐵拼花地板，加上男友給我的珍珠色貝殼床和貝殼噴泉，簡直就像人魚公主的房間。

雖然享受著尊榮的待遇，家門前的貢品堆得比屋頂還高，但我知道我其實什麼也不是。

「老闆說要賣我們貴一點的時候你在幹麼？」那天踏出店門後我立刻質問他。

「我專心在看那臺二手的有沒有瑕疵，沒注意到啊。」他覺得自己很無辜。

約莫一個月後，那臺網購二手 Lite 的電池，只要開機半小時就會燙手到玩不下去。於是我帶著它，再度走進那家遊戲專賣店。出門前我化了全妝，粉底唇彩睫毛膏一應俱全，從衣櫃裡翻出體面的米白碎花長洋裝，梳好公主頭，踏著跟鞋叩叩叩走進店門。

店裡只有一個人，就是當初釣到破靴子的那個高大男人。他問明來意之後，畢恭畢敬請我坐在櫃檯前，還上了杯涼麥茶。紙杯裡的茶很淡，我坐在高腳椅上吹冷氣，看著他仔細檢查遊戲機。「小姐第一次來吧？慢慢看。」我看著他的眼睛，發現他完完全全，不記得我。

當我安靜的時候，換他成了那個笑容滿面說話的人。

我以為自己贏了，卻只覺得店裡的冷氣，也太涼了點。

輯二

惡意

屁股下巴

麗麗：

「你有李總兵的下巴，又愛穿胡瓜鞋，我們討厭你！」四年級暑假前一天的結業式，有人在我的課桌上放了一張紙條，上面還有我幾個最好朋友的簽名。不知道你還記不記得？

其實，我不用想也知道是你寫的，紙條上頭還有你的畫作：小瞇眼，大圓臉，誇張的突出下巴，上面還帶有一條深溝，旁邊畫了我最愛的那雙粉藍小碎花涼鞋。你刻意凸顯涼鞋中的數根腳趾，旁邊牽出一個箭頭，寫著「毛毛蟲」。

我瞪著桌上的白色紙條，紙條也在回望著我，彷彿很期待我的反應。

我當然知道你在期待，你最喜歡看人哭或生氣，「我們來整她好不好？」是你的口頭禪。我的眼角餘光瞥見紙條上簽名的幾個人躲在門後，那是你和我的好朋友們，不管是分組報告還是團體作業都同一組。

上次我們四個人還共同完成了一張壁報不是嗎？難道是我當時堅持要帶頭安排整張壁報的布局，把你給惹毛了？

結業式的打掃時間將盡，我可以想像，向來懶怠打掃的你用紅綠塑膠掃把飛速掠過你負責的走道後，再將掃把隨意扔進掃具櫃，然後興奮地拉開課桌椅，拿出備好已久的白紙，用被老師稱讚的端正字跡，一字一句寫下嘲弄的話語，再隨意塗鴉幾筆——最重要的是拉來我們共同的兩個朋友，要她們簽上自己的名字。在我迅速瀏覽紙條的當下，躲藏在門外的你們不時發出竊笑，殷殷期盼我怒目回視的瞬間，等著轉身大笑跑走。

當我還在思考要如何安排臉上的五官角度，才稱得上「最好的回擊」的幾秒間，我想起了紫薇和小燕子。

《還珠格格》是最受當時女生歡迎的電視劇，幾乎全校所有女生都為小燕子和紫薇瘋狂，不只對劇情倒背如流，也著迷於收集電視原聲帶和明星照片的護貝小卡（至於親筆簽名的海報這種東西根本就不可能，因為我們不住在臺北，家長們也不可能帶我們去簽名會或見面會）。

當時班上還流行寫「個人檔案」筆記本。我們在書局裡央求父母買下可愛的彩色A4筆記本，給最好的朋友一人一頁，讓你們寫下自己的星座、血型、喜歡吃的東西、未來的志願、崇拜的偶像——前四位理所當然是《還珠格格》的演員群：趙薇、林心如、蘇有朋和周杰。（雖然他和周杰倫只差一個字，但完全不一樣啊——可以免費下載MP3聽歌的盜版軟體Kuro和Foxy上面一堆人搞錯。唱〈雙截棍〉的人，怎麼可能會是飾演爾康的周杰？）

我引以為傲的「個人檔案」筆記本，以十二星座的Hello Kitty為主題，是我好不容易在書局發現的。我刻意安排讓摩羯座的朋友寫摩羯座那一頁，規定天秤座的同學不可擅自在金牛座那頁留下字跡，充分發揮了我的處女座精神（那時的我還不確定「土象」這個分類是如何發揮作用的）。在「好友」那一欄，我寫上了王麗麗和其他兩個女生的名字，看到你們三人也把我的名字寫在「好友」那一欄，內心頓時升起高枕無憂的感覺。

牡羊座的你寫完後，未經我同意就擅自翻看我的筆記本，隨即毫不保留地指著我的鼻子大笑：「她把趙薇寫成趟薇！趟薇！」我頓時非常後悔特地保留了牡羊座的那一頁給你寫。

我和你從國小一年級開始就是同班同學，只是那時我們還不是最要好的朋友。小一時我連班上有幾個人都不知道，開學那天穿著嶄新制服走進教室坐下，全心全意期待在新書包裡裝入滿滿新課本的感覺。當天唯一要做的事，就是填寫老師發下的家庭狀況調查表，上頭要寫父母的職業、家中有幾個兄弟姊妹等等。我苦苦思索該怎麼在窄窄的小格子內擠進「爸爸自己ㄎㄞ ㄍㄨㄥ ㄙ」這麼多注音符號，好不容易盡量把字寫小，另一道問題又難倒了我。

老師正忙著用七歲學童能理解的語言，解釋「經濟狀況」的意思。我盯著紙上的許多方格，不知道該在「小康」還是「普通」裡打勾，心底浮現「會不會，我家其實是有錢人啊」的櫻桃小丸子式幻想。此時我腦中出現的，是家裡客廳天花板上那盞亮黃色吊燈，玻璃仿製品折透出迷離的光暈，光線在天花板上折射又反射，交織成一片璀璨。沒見過真正水晶吊燈的我打從心底認為，擁有這麼美麗的吊燈，我們家一定、可能、還算有錢吧？

我鄭重其事地在「小康」的格子內打了個不超出格線的小勾，將調查表交回給老師後，就徹底忘了這回事。直到去你家玩那天我才真正明白，你家就是能理所當然、毫不遲疑在「富裕」的格子中打個大勾的家庭。

你家在山坡上，你母親開車載我們一票同學前往，車子進入社區前要經過一道黑色雕花鑲金邊的華麗大拱門，門上金銅色大字鑲著「金獅名人山莊」幾個字，上頭還真有兩隻金色雄獅舉掌相對的雕塑（雖然已見鏽斑）。過了警衛室開上坡道，才真正進入社區，裡面有好幾座公園，街道整齊劃一，兩旁的花圃有專人整理，每戶都是獨門獨棟的豪華別墅。刷白的牆面，橘紅的瓦片，每戶人家前院都栽滿花樹，二三樓都有突出的露臺。幾戶院子裡還擺了附有米色帆布陽傘的深褐色木桌木椅。

初次去你家玩也是小一，你母親用滿桌中式菜餚招待我們。那是我剛開始社會化的時期，學習和一群同年紀的小孩同在大圓桌上用餐，學習使用餐桌中央的轉盤，學到有位同學只吃蔬菜不吃肉（「那叫做吃素，」你的母親解釋道，「他們全家都吃素。」我們聽了好驚訝，不知道那位同學這輩子有沒有嘗過一口肉味？）為了配合吃素同學的習慣，一群七歲小孩戰戰兢兢學用公筷母匙，印象中那頓飯吃了許久，就怕自己手中的筷子不小心伸進菜蔬盤裡。

第二次去玩是小學二年級，你母親拿出來招待我們這群小客人的，居然是冷凍牛小排——這麼高級的食物，我只在日本料理店吃過一次，菜單上最貴的肉料理，我珍惜地小口慢嚼。沒想到你家裡的車庫冰箱居然塞滿了冷凍牛小排，你母親安排你掌廚，坐在圓形鐵盤前烤肉給我們吃。

牛肉、牛肉、除了牛肉還是牛肉，牛小排源源不絕從冷凍庫裡冒出來，我看傻了眼。沒有蔬菜，沒有飯麵，沒有湯，滿滿的牛小排快把我們的胃給撐爆了。那天，我吃了有生以來最多的牛小排，多到好一陣子只要一回想起那味道就反胃，多到這輩子再也不想吃牛小排——

騙你的，我們才不會放過能說「這輩子」這種大人才能說的成熟話語的機會。

吃飽後，大夥起鬨要去頂樓的房間說鬼故事。我吃得太急，藉口要去廁所，其實是想逃避，也擔心自己撐到快吐出來。沒想到還沒下樓，就在樓梯上遇見暗戀我的男生小弘（是他畫了好幾張卡片送我，每次都偷偷墊在我的桌墊底下，不是我喜歡他，這我可要嚴正說明）。他問：「你在這裡做什麼？」我想自己在他面前應該矜持一點（雖然還不知矜持二字怎麼寫，卻看過瓊瑤電視劇裡的演員含蓄地說過，我想約莫就是保持儀態、少說話……那一類的意思吧），只好找個藉口，說房間裡太多人了，很悶，我出來透透氣。

在樓梯上聊了幾分鐘後，小弘陪我走進大家說鬼故事的房間，其實裡頭的冷氣根本冷得要命——國小生的嗜好，就是拿起遙控器，接著嗶嗶嗶嗶嗶把冷氣開到十六度。一群八歲兒童就算窮盡畢生所有表達能力，說出來的鬼故事依然不怎麼可怕。不過燈全關了，大家在一片漆黑中時不時就尖叫出聲或偷戳別人的腰還比較刺激。

後來，其他男生到外面公園玩鬼抓人和閃電嗶嗶的時候，我們幾個女生會去你房間裡玩。光滑的原木地板，純白的歐風木製書櫃和組合衣櫃，你的房間和廣告上的一模一樣。書櫃裡有數十張CD，包含徐懷鈺出道至今的兩張專輯、我不熟悉也不怎麼想要的《無印良品》、任賢齊的《愛像太平洋》（裡面有臺視八點檔《神鵰俠侶》的片頭和片尾曲），都是時下最新的流行。其中我最夢寐以求的，就是《還珠格格》的原聲帶了。

你將CD收藏在原木地板上一字排開，那是我們一票女生與你之間的距離。

我們嚷著要聽《還珠格格》原聲帶，於是你放了一遍又一遍，我們唱了一遍又一遍，「有一個姑娘／她有一些任性／她還有一些囂張／有一個姑娘／她有一些叛逆／她還有一些瘋狂」，我們都愛死趙薇演的小燕子了。但不知道為什麼，你總是不願意把歌詞本傳給我看。

看不到歌詞本沒關係，我早就把《還珠格格》每首歌的歌詞全背起來了，只是無法欣賞到精美的五阿哥小燕子劇照，有點傷心。我的CD收藏只有兩張，是去家樂福時央求爸媽買的。我站在架子前挑選良久，拿起試聽的耳機（我媽說那很髒，不要戴）一張張仔細聆聽，專心比較，最後選了梁詠琪的《膽小鬼》。這張專輯裡收錄的〈膽小鬼〉一曲是電視上的果汁廣告主題曲，我一聽就愛上，去雜貨店時（彼時雜貨店依然存在）也會買梁詠琪代言的葡萄汁。

我擁有的第二張專輯是徐懷鈺的《向前衝》，亮綠色打底，白色鑲邊的包裝。徐懷鈺留著一頭中分及肩中長髮，身穿紅與粉紅相間的無袖上衣，是當時超受歡迎的女明星。她唱的〈怪獸〉和〈向前衝〉我都倒背如流，學校老師用她的歌來編舞，我跳得比誰都賣力。

我是那樣謹小慎微地擁有兩張CD，將它們珍而重之地放在床頭櫃上方的架子裡，連同我的「個人檔案」筆記本一起。「個人檔案」退燒之後，另一陣流行旋風吹起——明星護貝照片小卡。明星照片被印成名片大小，護貝後在書局裡販賣，就在貼紙的架子旁邊，上頭偶爾會有印刷的明星簽名。不過一張小卡就要二十至三十元，所以爸媽每次只肯買一兩張給我。

你理所當然是明星小卡富翁了，擁有一大堆《還珠格格》演員的小卡，多到可以拿來送人。「你們猜拳！猜贏的人可以挑一張！」你對著我們一干好友喊道。不過說也奇怪，別人猜贏的時候就能隨意挑小卡，等到我猜贏了，你卻不讓我看小卡正面，只讓我像抽鬼牌似地看著背面任抽一張。

雖然你會送出去的，基本上都是你不怎麼喜愛的，但我擔心我若是抗議，你就不送我了，這可是我能得到林心如照片的大好機會！因此我不敢有異議，抽到什麼就是什麼。

我們不會玩角色扮演遊戲，那太蠢了，都已經十歲了。不過我們倒是很喜歡發表意見，像是誰長得像哪個明星或歌手之類的，或誰跟誰比較配。「我覺得爾康和柳紅比較配。」你胸有成竹地說。我大吃一驚，怎麼可能?爾康怎麼可能不和紫薇在一起?

「哪有!爾康當然是跟紫薇最配了!」我不服氣地槓回去。我倆的爭執不了了之，不過等到下次討論誰長得像明星的時候，你便會理直氣壯地指著我的臉，說我長得像明月或彩霞——就是紫薇和小燕子的婢女。

我越是氣到說不出話，你就越高興。就連便服日那天，我穿了最喜愛的粉藍小碎花涼鞋到學校，你也指著我的腳趾喊：「毛毛蟲！你的腳趾好像毛毛蟲！」因為你們發現，我的第二和第三腳趾可以快速地縮起來又放開，而且右腳又比左腳伶俐，旁邊同學笑到樂不可支，包含我「好友」欄上的幾個朋友。

現在，「好友」欄上的那些「好友」全都在這張嘲笑我的紙條上簽了名，「你有李總兵的下巴，又愛穿胡瓜鞋，我們討厭你！絕交吧！」李總兵是卡通《一休和尚》裡的角色，有誇張的凸下巴，上面還有一道深溝。胡瓜鞋則是你隨口編出的名字，畢竟藝人胡瓜沒有代言過我這種女孩穿的涼鞋，而我也看不出這雙粉藍碎花涼鞋的形狀到底哪裡像蔬菜的胡瓜。

長大後我才在網路上查到，李總兵的下巴是「屁股下巴」（butt chin），正式名稱是顎裂（cleft chin），是顎骨凹陷造成的深窩，也有人稱之為「美人溝」或「英雄下巴」，在神話傳說裡是英雄氣概的來源。幼時的我無能知曉自己的下巴是許多明星藝人的特色，只覺得幸好你沒有嘲笑我的下巴形狀像屁股，否則我可能會氣到哭出來。

其實，我至今依然不瞭解你為什麼不喜歡我，但我可以想像你對其他人說「整她很好玩」的模樣。我不是小燕子，你們躲在旁邊偷看我的反應時，我沒有衝上去為自己辯駁的勇氣。你數次指著我的鼻子嘲弄我的時候，我也不敢隨便找個你身上的特徵笑回去……倒不如說，「尋找他人身上的特質來取笑」這回事，我遇到時總是當場愣住。

那，如果是紫薇會怎麼做呢？

我知道自己凡事都過於認真，喜歡讀書，或許還比較像我最喜歡的紫薇。

如果是紫薇，她會怎麼做？

我輕輕閉上眼，深吸一口氣——那是我生命早期罕見的頓悟時刻。我緩緩睜開眼，嘴角微微一笑，慢條斯理折起紙條，優雅地放進口袋。我將桌上的鉛筆盒與剛領到的成績單放進書包內，拎起書包，一步步穩健地走出教室，抑制自己回頭的衝動，再也不看你們一眼。

那是四年級的結業式，還有大好的暑假等著我。暑假結束後就要分班，既然我們不會同班，那麼紙條上書寫的「絕交」二字，也就無所謂了吧。

抵達校門口時，我遇見了一二年級時很照顧我的班導師。我向老師打了招呼，她溫柔地問我最近過得如何。我望著她和善的表情，猶豫了一會，從口袋裡拿出那張紙條讓她看。

我以為她會出言安慰。沒想到她看了之後不發一語，我倆就這樣站在校門口許久，許久。過了一陣子她才說，這張紙條就讓她保管吧。

這樣也好。

回家後我問母親，我的下巴究竟像誰？「你是遺傳到我，我們的下巴是林青霞的下巴！多好！」母親說得理所當然，她也有你那股天生的霸氣，而我卻根本不知道林青霞是誰。應該說我 don't fucking care，長得像飾演紫薇的林心如比較好吧，至少能讓你羨慕。

五年級開學後，曾在那張紙條上簽名的「好友」之一就在我隔壁班，她還是照樣來找我玩，我也假裝沒見過那張紙條似地，和她當「最好的朋友」。

多年後，我和你考上同一所高中，那座小城的第一志願女中。我們都是文組，班級就在隔壁，卻從未說過一句話。你屬於假日拿 LV 包逛街、化妝上學的那一群上流女生團體，我則是努力保持著不上不下的成績，費盡心思在全是優等生的女校中，試圖以不確定自己是否夠格的文學天賦尋找一席之地。

走廊上偶遇時，我們總是假裝不認識對方，卻如兩尾在幽黯深海裡相遇的發光魚類一般，對彼此的來處心知肚明。

你知道的。

地震寶寶

麗麗：

你或許不記得了，我是九月二十一日生，大地震那年我們才十歲，前一天晚上本以為隔天可以帶乖乖桶到校，期待了好久，因為過去幾年都在裝乖小孩，壓抑著假裝自己沒這份心思。

但今年我即將滿十歲，很少遇到整數的年歲，帶糖果到學校應該不過分吧？我心中還在「乖乖桶」和藍色小精靈圖案的「孔雀桶」之間猶豫不決，因為乖乖桶裡面只有軟糖，藍色小精靈的孔雀桶裡面除了軟糖，還有迷你捲心酥和迷你小泡芙，三種願望一次滿足（不是健達出奇蛋，那牛奶巧克力太甜了）。

晚上我躺在床上考慮了好久，以為可以明天早上去7－11再挑，沒想到半夜就發生大地震，驚醒過來時嚇壞了，身體的感受，是房子彷彿長出雙腳大大跨步。

房子要走去哪？

幸好沒過多久地震就停了，剛被嚇醒時以為隔天早上還是要去學校，迷迷糊糊睡回去，年幼的我也可算是神經很粗了。沒想到隔天放假，全家人到阿公阿婆家待著──客家人的爺爺喚做阿公，奶奶喚做阿婆。大人拚命盯著電視新聞不放，螢幕上充斥著滿滿的災難畫面：房屋倒塌、多人受困、斷層活動頻繁、救難隊從四面八方湧入震央南投……從沒去過南投的我，對那裡的最初印象就是災情慘烈。

忘了那天有沒有報紙，似乎有，又彷彿沒有。那年是嚴重至極的百年大震，無數大樓都倒得歪七扭八，餘震頻頻，我一邊看著新聞，一邊擔心學校是否也倒了？我在藤編沙發椅上睡睡醒醒，感受到母親在一旁，心才安定下來，但藤編沙發實在不好睡，那日午睡並不安穩。

隔日終於能到校，發現學校的建築物完全沒有倒塌，既然學校和老師同學都沒事，心裡總覺得……不知不覺浮現了「想帶乖乖桶」的念頭。

起心動念之後卻心頭一驚，不知道這是否非常不敬？

都發生這麼大的災難了，居然還想著要帶糖果到學校發？

心底琢磨著，還是不要把這種願望宣之於口吧。「只想當個受歡迎的壽星，帶乖乖桶到學校發放的自己，是不是很糟糕？」這句話放在心底沒人可說（尤其不能對你說），卻一直在意這件事，磨了快二十五年才寫出來。

被眾人遺忘的生日，人人記憶猶新的是地震有多劇烈，房子搖晃得有多厲害。「反正九月生日的人命運就是這樣」，我告訴自己，通常剛開學的人生日都不會有人記得，但也可能是我朋友不多，或是那年頭不流行送禮物。

十歲的年紀，快要到了在意朋友多寡的時候。明明前幾年沒那麼在乎的，只要有一兩個好朋友，每天上學就開心得不得了，怎麼過了某個歲數之後，就開始計較朋友人數多寡和自己受歡迎的程度了。那時還不知道是青春前期的徵兆，只覺得滿心煩躁。朋友小圈圈裡的話題、要跟誰玩還是不跟誰玩、你敢和她好我就不和你好……逐漸成了大事。

那年似乎還是有人送我卡片，但我忘了是誰。該放下的事沒放下，不該忘記的人卻忘了，總覺得自己是不是犯了什麼錯，不然怎麼這麼慘烈的事情偏偏發生在我生日這天。這種莫名其妙的負罪感彷彿幽靈，始終陰魂不散。

所以我這輩子從來都沒有帶乖乖桶到學校，一次也沒有。

曾經也很想當個受歡迎的壽星啊。

後來我就多了一個「地震寶寶」的綽號，是你指著我喊出來的。「聽說你昨天生日！地震寶寶！」乍聽之下是個很胖的孩子，我不喜歡，但至少比沒有綽號的尷尬邊緣人好，就隨便其他人怎麼叫吧。尤其是你，除了說我的下巴難看、腳指頭像毛毛蟲般噁心之外，也首開先河，為我取了這個綽號。

但當時的我寧可被嘲笑，也渴望有人和我一起玩。現在想想實在是沒什麼骨氣。

幾年後我去同學家玩，她媽媽也是九月二十一日生，沒想到。走筆至此，曾經想過這篇文章的標題應該要叫做〈沒想到〉才對。同日生的人，至今我只遇過她一個。

這是什麼樣的緣分？小時候的我初次思考「緣分」或「命運」這樣的主題，就是從生日開始的。

回到大地震發生那年，我四年級，班導師要我們針對這場百年大震做壁報。房屋倒成一片，多人受困，連續好幾日挖出來的都是遺體，甚至是斷肢。過了幾日，新聞報導有人靠著喝馬桶水度過孤絕至極等待救援的那幾天，我雖然感覺噁心，但內心對生命的敬畏又增添了一層。

因此我們那組挑選的壁報主題是「生還者」，前一晚我翻報紙翻了許久，就為了找到一兩篇生還者的報導，約莫翻了有兩個小時吧。紙頁上的災難畫面令人心驚，救難隊為了搶救的黃金時間不眠不休……薄薄的報紙對十歲的我而言太沉重了，從沒有一份作業做得這麼辛苦。

隔天我帶著昨日找好的報紙到校，每組都分配到幾把剪刀，幾瓶膠水，我們捲起袖子開始剪報。班導師為我們這組的壁報下了個「劫後餘生」的標題，我起初聽不懂，老師還特地寫給我看，這成語對小四生而言太難了。我們那組剪剪貼貼，好不容易完成一張壁報。

沒想到你們那組做得特別快，不到一堂課就做完了。趁著大家忙碌的時候，我還偷偷繞過去看你們那組的主題是什麼，沒想到是「明星藝人們對這場地震的反應」，有的捐出鉅款，有的老家受創，原來只要把每一份報紙的影劇版全部剪下來貼上即可，我大為震驚。我和組員昨天晚上翻了那麼久的報紙，就想找到幾個生還者的新聞，沒想到還有這種彷彿偷食步（thau-tsiah-pōo）的方法。

❁

即使「地震寶寶」是個被你嘲笑後取的綽號，但還是有綽號比較好吧，即使自己沒那麼喜歡。

這個綽號聽起來有些胖，可是你自己不是也有點豐腴嗎？你比我高出一個頭，豐滿的身形像是已經提早發育，在穿胸罩了。

美國的教育專家瑞秋・西蒙專門研究青少女霸凌現象，她在著作中說女性霸凌文化的極致時期是十歲到十四歲左右。原來我感受到的不只是青春前期的騷亂而已嗎？作者說，那是女性在成長過程中被壓抑的攻擊性與競爭力。

在我讀到這本書之前，總以為你想捉弄我，是因為我得罪了你。四年級校外教學去故宮看畢卡索真跡展覽，故宮博物院的冷氣冰涼至極，一群十歲孩子列隊蹲在地板上，閉緊了嘴巴不敢說話。平時我們吵鬧慣了，但是在大師真跡面前，也知道要安靜下來。

印象中畢卡索總是畫女人，圓臉的、方臉的、哭泣的、憂鬱的……我無法忘懷的是一張張痛苦撕裂的臉，有稜有角，或咬手帕，或全裸躺臥，色彩濃烈，線條如銘刻一般刻在臉上。令人驚訝的是《亞維儂姑娘》，兩塊大腿肉之間的區域，畫家沒明顯畫出來，泰半小學生並不激動，但稍微敏銳一點的孩子都曉得那裡是哪兒。

那時還不知大師何以是大師，只知道他喜愛畫女人，更常令女人哭泣。這是我在紀念品店販售的展覽畫冊上學到的。

結束後眾人在紀念品區閒逛時，我力勸你不要購買大人版的畫冊，買兒童版的就好。我這才知道你的零用錢充裕，有能力購買價值五百元有大張圖片的畫冊（九〇年代的新臺幣五百元啊！幾乎可以買兩張流行樂ＣＤ了）。

你說：「可是這本的圖片比較大！」

我說：「我們是兒童，買兒童版的比較好吧？」

兒童版畫冊的封面是畢卡索《玩卡車的小孩》。我勸說她改買兒童版畫冊的理由與金錢完全無涉，而是基於某種遵（ㄇㄛˋ）守（ㄕㄡˇ）秩（ㄔㄥˊ）序（ㄍㄨㄟ）的個性，加上狡黠地想以勸說發揮我的影響力。

為什麼每次都是你捉弄我？難道我說的話對你一點影響力都沒有嗎？我有點執拗地想。

後來你果真沒買大本畫冊，臉上的表情有點困惑，我心裡有種戰勝的小小快意。

我和你為什麼會變成朋友，連我自己都不大清楚。是因為都喜歡《還珠格格》嗎？還是都喜歡看書？明明你很喜歡指著我對同學們說「欸我們來整她好不好？」我卻還是和你做朋友。

你讀書的品味與眾不同。眾人皆埋首看漫畫《小叮噹》的年代，我已經讀過許多漢聲出版社的兒童與青少年小說。但這還不夠，當我正在看圖書室的童話故事集與《神鵰俠侶》的時候，你已經開始翻閱《落葉歸根》和《人間四月天》。

描述中國女兒多舛命運的《落葉歸根》封面尤其可怖，兩道黯藍色夾著中間枯褐色背景，門內站著一面貌不清的短髮小女孩，對年方十歲的我而言猶如鬼魅一般，你在座位上讀這本書時我完全不敢靠近。但我卻深深受到你的吸引，彷彿你身上有什麼超越我認知的事物。

你的頭腦或許比我的要好，否則為什麼你譏諷我時，我總是吶吶地說不出話？

後來我向你借了《人間四月天》，剛好臺視也正在播連續劇《人間四月天》，劉若英飾演張幼儀，伊能靜飾演陸小曼。我看了幾集，發覺看不懂，只好回頭來讀小說。國語課本上也出現了徐志摩的〈再別康橋〉，老師要我們把這首詩背起來，雖然每次唸誦時我總是全身起雞皮疙瘩，但我還是很快就背好了。

所以你買的這本厚書是電視小說嗎？那時我還不知道電視小說要搭配電視劇一起

推出這個道理，老以為你走在時代的尖端，擁有最新的ＣＤ，還能搭著電視上的潮流一起閱讀，不費吹灰之力就能處在課外知識的浪潮前沿，我對你是既羨慕又嫉妒。

國小畢業後過了幾年我才曉得，原來交朋友可以不必這麼複雜。曾經流行過一陣子的流行語「羨慕嫉妒恨」可以不必出現在友情之中。高中時我對最好的朋友美拉說出「地震寶寶」幾個字時，她也是噴飯大笑。我不甘示弱，為她取了個「美拉」的綽號。

她原先的綽號是「拉拉」（不過和《鱷魚手記》無關，那時我還沒讀到這本經典之作），而地理課時老師說到，南太平洋群島「美拉尼西亞」的「美拉」是「黑」的意思，所以我硬是叫皮膚略黑的她「美拉」。現在想來，她沒生氣，真是寬宏大量。

高中畢業後沒人再叫我「地震寶寶」了。綽號隨著青春的逝去消失多年，念著那場百年大震，我自那之後也很少大肆慶生，就是和朋友情人一起簡單吃頓稍微貴一些的餐點就結束了。因為對奶製品和麩質過敏，我也與蛋糕無緣了。不過我也好奇，九月十一日出生的美國人、三月十一日出生的日本人，和四月三日出生的臺灣人，慶生時心中是否也會浮現一股莫名其妙的罪惡感？

不管怎樣，慶生與否已經不重要了。生命中總有某個日子，時間在那天狠狠斷開，裂出一道深淵般的創口，於是再也無法回頭，生命就此不同。

對我而言是喜日的日子，也許對許許多多人而言是凶日，或者，是重生的日子。

但是你並不在乎，對吧？彷彿只要看見我臉上慍怒或懊惱的神情，你便開心。

現在已經沒人用這個綽號叫我了，我也早就不是需要綽號來印證自己歸屬於某個小團體的年紀。分班後我早就交到另一群好友，不再需要你了。但是過去總像個正在結痂的傷口，隱隱痛痛，騷亂著不肯放過。

我知道你是不會回信的，所以我才寫下這封信。

英語日

芹：

我十一歲之前，文化中心那片草原上還是有白鴿子的。

你和我每次月考都分占一二名，第一學期你是班長，第二學期換我當。對此你始終耿耿於懷，但我要過了很久才會知道。我從小就喜歡讀小說，我姑姑房間裡那一大套漢聲出版社的兒童小說和青少年小說被我讀了個遍。五年級分班之後難得遇到同樣也喜歡看書的你，週末我們會相約去文化中心的圖書館，編給父母聽的理由是查找上臺報告所需的資料，其實是想找個藉口出去晃晃，隨便翻點故事書，再吃點平時家長不准買的東西。

圖書館地下室是兒童圖書區，我們在那裡煞有介事地翻找書籍（這回老師指定的報告題目是世界文化遺產），成為使用影印機的新手，在影印機發出刺眼白光時毫無畏懼地直盯著看，滿心以為自己能做到這樣，就算是大人了。

五年級剛開學沒多久，校方頒布了一項名為「英語日」的新制度。每週三當天，每節下課人人都必須說英語，如果有人說了國語，就會被班導師派出的「刺客」記下名字，隔天就等著被懲罰。

而至於「國語」為什麼會是中文，那時我才十一歲，完全沒想過這些。滿心只想著不要被刺客抓到，那樣也太丟臉。

刺客會是班上的某一個人，前一日由班導師祕密指定，監視下課時有沒有人說出英文以外的語言。但是刺客本人不能被班上同學發現，倘若被發現，也要一併受罰。當時的我們從未想過這般規定對其他語言是否公平？也未曾思考過老師和主任們辦公開會時，是否也會說英語？

只要日子一來到週三，我們背著米奇和柯南書包踏進教室門的瞬間，總會不自覺繃緊神經，一個字都不敢多說。下課時間鴉雀無聲，沒人敢開口，就算有說話的需求，也只敢吐出「restroom?」、「basketball?」，食指往廁所或操場的方向點一點，眾人面面相覷，魚貫溜出教室門。

老師們到底在想什麼？初入青春期的我們超級不爽，感覺這一切實在荒謬透頂。五年級學到的單字語法僅止於打招呼、問路、詢問彼此興趣等簡單問句而已，到底要怎麼說話？要如何用英語表達「你上週六有看《我猜我猜我猜猜猜》嗎？這一集的『人不可貌相』超精采的！」這句話？

嚴令並未收效，大部分的人都賭氣似的不開口。瘦長臉的班導師偶爾會苛薄我們幾句：「平常不是很愛聊天嗎？怎麼現在這麼安靜？來，打開英文課本，指著上面某一句話唸出來就好啦！」她不講還好，一講，英語日下課完完全全成了比手畫腳時間。

偶爾會有偷說中文的人被刺客或老師抓到，不過班導師也僅只是在隔天的課堂上讓他們站起來聽訓幾分鐘，先前公布的處罰，像是罰抄課文或罰站之類的，一次也沒真正實行。不過我們已經學乖了，有些人突發奇招，把要說的話寫在紙上，刺客和老師絕對管不著（就算真的那麼不湊巧，你傳紙條的對象不幸是刺客，因為不是開口說，刺客也拿你沒辦法）。

如果非得說話不可，我們不是躲在教室角落偷講，就是趁著去廁所的路上竊竊私語。我還記得和你一起去上廁所時，我們會等走到距離教室夠遠的地方，才對彼此用氣音說「欸，好累喔……」「好煩喔……」「到底想怎樣啊……」。

某天我和你再度相約去圖書館，我們在館外的草原上散步。說是草原，其實只是一小塊綠地，只是那個年紀的我們對浪漫開闊的字眼有種偏執，遇到可堪相符的情景便得用上幾句不可。草原上有白色石頭的巨型雕塑，外觀有凹陷的人形圖樣，裡面的空間小，大概只有服飾店的更衣室那麼大而已，這一帶的孩子都叫它「石頭屋」。

小孩經常在石頭屋這裡玩，裡裡外外奔跑來去，或穿梭，或攀爬。但自詡為成熟大人的我們不跟著他們跑，只是坐在草原上，看醜醜的灰色鴿子飛上飛下。其中獨有一隻白色鴿子，混雜在灰色的鴿群中。

你說，那些鴿子是附近的人養來比賽用的。

「比賽？要比什麼？」

你噗嗤笑了一聲，「連這個也不知道，虧你還當班長。」

「這跟那又沒關係。」

離開之前，你說想吃點東西，提議去近日聲名大噪的十一街麵食館吃瓠瓜水餃。

「不要啦！」我的聲音忽然竄出喉頭，大到連自己都嚇了一跳，你也愣住了。「在這裡的咖啡店吃不就好了？」我忽然急了起來，連自己都不知道為什麼。

或許，是我對於「越過規矩」一事太過恐懼的緣故。時間已是傍晚，那間排隊名店的位置遠在三條街之外。那是沒有智慧型手機的年代，我擔心迷路，況且若是太晚回家還在外頭吃了飽飯，我媽勢必會老大不高興。

我問你，就近在文化中心附設的咖啡店吃點東西不好嗎？天色要黑了，簡單吃完就可以回家。才五年級身高就已經突破一六五的芹默默聽著，雙手抱胸，雙眼斜斜睨著我。當時的我無法確定她是不喜歡咖啡廳的吐司和鬆餅，還是不喜歡我拒絕了她，或者兩者皆有。初入青春期的我口齒笨拙，心思總是比不上身旁的友人細膩。

你禁不住我的要求，過了好一陣子，才心不甘情不願點了點頭，率先走進咖啡廳自動門。我們坐在面對草原的窗前，看著鴿子飛過。「你看，那裡有隻白鴿子。」我擔心你還在生氣，想找些別的物事讓你轉移注意力。但你仍舊對我不理不睬，我只好獨自想像自己是享受下午茶的成年女子，優雅，高貴，充滿技巧地以叉子食用奶酥厚片吐司，喝雪白瓷杯裡的附餐紅茶，茶包還是帶有英國風情的品牌名「Lipton」（立頓）。

但這樣的幻想，似乎只存在我一個人的腦袋裡。隔天我看見你和班上幾個女生竊竊私語，是我們校外教學時的組員。過幾天就要校外教學了，我以為你們在討論什麼重要的事情，沒想到才一走過去，你們就四散了。

出遊當日，只見你和其他組員在遊覽車座位上嘀咕，彷彿在密謀著什麼。雖然班導師規定同組組員必須坐在一起，但你們彷彿打定主意似的，完全不和我說話。車行途中，我身後的座位時不時傳來「自以為成績好了不起啊？」一類的話語。

一進園區她們就往「阿拉伯魔宮」衝去，堅持要玩「天馬行空」。那是個專為六歲以下兒童打造的遊樂設施，遊客坐在有翼白馬上以極慢速前進，觀看彩繪熱氣球、神燈精靈和各式人造動物模型。

那時的我也不知道自己怎麼了，或許是急著想挽回什麼，在你們走上通往「天馬行空」設施的階梯時急急說著：「那個我上次來的時候就玩過了，超級無聊的，是給家長帶小孩子玩的啦！我跟你們保證，旁邊的飛毯比較好玩，那邊還有風火輪……」沒人停步。顯然你們打算假裝看不見我。後來我仍舊在「天馬行空」的出口處等待，看著左腕上的淺粉紅塑膠 Hello Kitty 手錶，想著乘坐一輪的時間差不多已過，該是你們出來的時候。耳邊才聽見幾個組員的埋怨聲，「無聊死了——」聲音拉得老長，沒想到在出口前幾步路，聲音忽然停了下來。

我困惑不已，突如其來的安靜持續幾秒鐘之後，我忽然聽見你扯開喉嚨大喊著：「好——好——玩——喔！」緊接著其他兩個組員也跟著放大音量，叫著：「對——啊！怎——麼——這——麼——好——玩！」只見你帶頭走下遊樂設施的階梯，大叫大嚷經過我身旁，看也不看我一眼。

我整張臉漲得通紅，氣到不顧小組必須一起行動的規則，轉身離開你們，自己流浪去了。

我氣得到處亂走，過不多時看見四班的同學經過，隨即加入了她們的小組。她們是我在學校社團認識的朋友，我們在樂隊裡一起拉手風琴。班導師曾經耳提面命，叮嚀我們不能脫隊離開自己的小組，更別說是跑去加入別班同學的小組了。可我離開之後拉不下臉回去，只得跟著四班的朋友在「美國大西部」和「南太平洋」區域閒逛遊玩，隨時提心吊膽，注意身旁有沒有班導師的身影。

你記得嗎，校外教學回來以後，你就再也不跟我說話了。

忘了是第幾個英語日，週二下午班導師把我喚進教師休息室，要我擔任明日的刺客。我壓低聲音問班導師，「被記名字的同學真的會被罰嗎？」畢竟英語日實施以來已經過去好幾週，班導師每次都會恐嚇那些被登記名字的人：「下一次就不只是罰站這麼簡單了！」

班導師環顧了一下教師休息室，也壓低了嗓子說：「因為你是班長，所以老師才告訴你。」我屏住呼吸，期待班導師接下來要說什麼。「你把號碼記下來就好，老師不會處罰他們。」我吞了口口水，點了點頭，像是班導師交付給我什麼祕密任務，而被賦予任務的我彷彿是神通廣人的〇〇七，或者天才特務伊森・韓特。走出教師休息室時，我還刻意四處張望了一陣子，確定附近沒有任何班上同學在側，才快步離去。

隔日，我謹慎地執行任務，小心觀察。每個人都很安靜，原先以你為首的女孩子們已經不和我說話了，我也不大可能臨時加入哪個聊天的女孩小團體，所以根本沒聽見幾句中文，甚至連英文也很少人說。午休時間，我好不容易聽見兩個男生在走廊上互罵「幹你娘」、「老雞掰」，但也不過是口頭禪一般的三個字，想來他們脫口而出時什麼也沒想，究竟要不要登記，我思忖良久。

就這麼左思右想到了打掃時間，最後一節下課，班上依然很安靜，只有紅綠塑膠掃把刷過地面的聲音，和擰乾髒拖把時唏哩花啦的水聲。這時你忽然出現在走廊上，笑容滿面，露出慧黠的神情，招手叫我過去。我又驚又喜，以為你不生我氣了。

但我在外表上依然保持鎮靜，在心底暗暗要自己絕不能喜形於色，也許你並不是要與我和好，而是班導師要你傳話給我也說不定（若是為老師做事，那時講的中文不在處罰範圍之內）。

我走近你，你小小聲地用氣音問我：「欸，我問你喔。」

我屏住呼吸，用力點頭。

你轉頭看看四周，確定附近的人都在聽不見話音的距離之後問我：「你是刺客嗎？」

我瞪大眼睛，深吸一口氣，立刻連連搖頭。

「沒關係啦，我不會說出去。」你微笑著再三保證。「你告訴我就好。」

我心跳飛快，手腳一時不知該怎麼擺才好，擔心是否自己行跡可疑才露了餡。是班導師昨天叫我進教師休息室時，被你看到了？但我明明沒有太靠近任何一群人，你怎麼會知道？

無數個問題在我腦中光速來去，究竟什麼該說，什麼不該說，我已經完全慌了手腳。過去不管我再怎麼向你攀談，你都轉過頭去假裝沒聽見，連我這個人都沒看見似地。如今你好不容易找我說話，卻問了這麼尖銳的問題。

在我思考的幾秒之間，有個男生提著溼淋淋的髒拖把走過，你把我的手一扯，拉到牆邊，我的腳才沒沾上髒水。

就在那瞬間。

我抬頭仰望著身材頎長的你，用頸部所能做到最微小的幅度輕輕點頭，用氣音在你耳邊回道：「嗯，你不要說出去喔。」那瞬間你露出神祕而滿意的微笑，比了個OK的手勢要我放心，心滿意足地離去了。

那時我心想，真好，我又有朋友了。放學回家時，我的腳步從來沒有這麼輕鬆自在過。

隔天星期四，終於可以放心說話了，五六年級的幾層樓教室從早自習下課開始就吵鬧不已，字句像出閘的洪水。「你有看昨天的《流星花園》嗎？」、「遊戲王卡你帶了沒？下課來打一場。」野禽般的話語迫不及待傾巢而出，飛上飛下，彷彿是要狠狠補足昨日缺失的分量。

沒想到班導師來上第一節英語課時，忽然要大家先把課本闔起來，還叫了兩個男同學的名字——是昨天說髒話的那兩個人。我非常疑惑，因為我分明沒有把他們的名字上繳給班導師。兩位男同學滿臉不甘不願站起身來，班導師要他們自己坦白，昨天是不是說了中文。

「刺客沒有記名字，但是老師有聽到。」原來他們講了不只一次，我頓時鬆了一大口氣。

兩位男同學吶吶地承認了，班導師臉上的神情看來很是滿意。我還以為可以放心了，沒想你忽然舉起手，高聲說：「老師，我知道刺客是誰！」霎時全班都忘了站起來的那兩個男生，每雙眼睛都望向你，我還記得整個人像是腹部被狠狠揍了一拳的感覺，縮在座位上動也不敢動。

「老師，你有說過如果刺客被發現的話，也要被處罰對不對？」你露出資優生的招牌微笑。過了幾秒之後我才意識到發生了什麼事，身體從僵住狀態慢慢恢復。我模仿其他人側身轉向你，以免絲毫不動還縮成一團的自己看起來太突兀，卻完全不敢與你視線相接。

班導師沉默了幾秒鐘，彷彿意識到發生了什麼事，一反方才的嚴肅，也笑了起來。

「沒關係，這次都不處罰，下次再開始。」她要那兩個男生直接坐下，隨即開始上課，一切就像沒發生過一樣。

後來班導師沒再對我提起刺客的事，往後的英語日我也謹守分際——

事實上，待在這個班級的每一個日子裡，我都沒再說出任何多餘的話。

要等到許久以後，二十多歲的我將會在大學的課堂上知曉，數十年前這塊地方也曾大規模推行過禁止某些語言，只准說某些語言的政策。可幼時的我在意的，只是那麼寂寥的幾方寸土。曾經與我那麼要好的你，假裝看不見我的你，想讓我被處罰的你——

自從畢業離開學校後，我就再也沒見過你的身影。

我的名字

芹：

十多年後，我還在責怪自己當初為什麼要說出那三個字。

那天，瘦長臉的班導要我們把國語習作第四課簡答題的答案一一唸出來，「介紹你最喜歡的花，並簡單說明原因。」但那天不曉得怎麼了，她點到的幾個人，該怎麼說……都很故意。

「我最喜歡玫瑰花因為很漂亮。」

「玫瑰花，因為很香。」

「我最喜歡的花是玫瑰花因為——」

「好了。」輪到第三個人的時候她直接打斷，臉上的線條越來越硬，嘴唇抿成一直線。第三位同學趁她轉身時迅速做了個歪嘴鬼臉才坐下。

或許是開學以來班導始終板著一張臉，又或者是她厚重的眼瞼與緊抿的嘴唇令人卻步，總之沒人認真回答。換句話說，沒人鳥她。

除了我。

我永遠記得班導喊出我姓名時眼裡充滿了沉甸甸的期待，彷彿在說，老師平常這麼看重你，記得吧？不要漏氣。

我向來是個深怕漏接任何一球的學生，於是我回答：我最喜歡的花是海棠花，因為我的名字裡有它。

才剛說完，我就看見班導緊抿的嘴唇忽然放鬆的那瞬間。她嘆了口氣說，不愧是班長，連喜歡的花都很有氣質。並露出數月來難得一見的微笑。

聲音在空氣裡飄蕩，全班沉默。好幾個人的眼睛不約而同向上翻了幾翻。我聽見細細的耳語來自你的座位附近，你的聲線我再怎麼樣也不可能錯認。下課後教室再度恢復平時的吵鬧，我卻坐在座位上久久不敢起身，假裝一邊整理抽屜一邊屏住呼吸，拉長耳朵凝神諦聽那些曾經和我玩在一起的人說話：

「幹麼硬要跟大家不一樣啊，做作。」

「又胖眼鏡又醜。」

「不要這樣，人家成績好了不起嘛。」

一陣哄笑。像這樣的遊戲，往後的日子裡你和你的新朋友們樂此不疲。

一天過去了，第二天、第三天……你們在下課時間的教室裡說，走廊上也說，在廁所裡看到我時也偏過頭去竊竊私語。一週過去，到操場上體育課時我又再度聽見「欸～我們不要理她好不好啊？」那時我再也忍不住，本想開口「你們到底想怎樣啊」，脫口而出的卻是「你們到底在發什麼神經啊」。

這話一出口，連我自己都嚇了一大跳。這時班上最受歡迎的小團體中的女生走來，面露不屑地對我說：「你才在發神經咧！」

我百口莫辯。

那天之後就沒什麼人和我說話了。如果只是簡單的收作業或「請借過」倒還有人回應，不過當我試圖接近教室各處三兩成群的女生，這些上週還一起聊《娛樂百分百》的人會突然閉上嘴，更直接一點的就整群走開了。男生們雖然不在意女生國的紛爭，兩國卻也沒真正合併過，要是我再走近他們，只怕會被說得更難聽。好比上回有個嘴快的男生，和某個女生拌嘴時說：「你一次只要六百啦！」她哭了好久。

扯遠了，回到國語習作第四題。我始終想不透究竟是哪裡出了問題。為什麼要和大家一樣，問的不是最喜歡的花嗎？我問過我媽，她說取這個名字是因為我出生前一天，剛好我爸從中國回來，而中國國土的形狀像一片秋海棠的葉子（不過自從外蒙古獨立之後就不像了，我國中才知道），所以這種植物就成為我姓名的一部分，至於命裡有沒有缺木我就不清楚了。我又問她，那為什麼我不叫秋海棠？她說，因為你爸姓林。我繼續追問：那有沒有人姓秋？她說，應該有吧，我沒聽過，我不知道，不要一直問。

自小我就對原因和意義這一類東西很在意，例如為什麼我功課寫完不能看電視，但我同學就能看到半夜三點。老師說待人要和氣，要友善，但以你為首的一幫女孩子，仍然在經過我課桌前的時候會丟下一句「自以為是」就走開了，諸如此類的。每件事總該有個原因，就一個也行，但總是沒人願意告訴我。

我只好自己尋找。沒人和我說話的那幾個月我更是異常執著，受不了任何模糊的，不確定的，過去可以現在又不行的道理。好比你說過你討厭小靜，但現在你們連上廁所都一起。人際關係比數學還難五萬倍，我直到高二被三角函數打爆時還這麼認為。

我也很在乎姓名的意義。我指的「意義」不是梅花三蕊代表三權分立，五片花瓣代表五權憲法的那種意義，那太偉大、太冠冕堂皇了。我要的意義必須獨一無二，就像世上不存在兩朵一模一樣的花。

後來我發現每週六晚上的包青天就有「黑寡婦與白海棠」，說的是一名青樓花魁以自己的血豢養毒蜘蛛，好為自己二十年前慘遭滅門的家人復仇的故事。女主角海棠實在是全世界最悲慘的人，我被震懾到完全沒空分神去想白海棠到底是什麼樣的花。

我最喜歡的電玩《仙劍奇俠傳》有種劇毒就叫血海棠。Windows 95 時代的畫面顆粒感十足，血海棠不過是深褐色枝條加上豔紅葉片，但光看名字就足以令人屏住半秒呼吸。《飛狐外傳》也有號稱「天下第一奇毒」的七心海棠，無色無臭，無影無蹤，再精明細心的人也防備不了。而且使毒的程靈素聰明又善良，我漸漸相信海棠就是種很厲害的花，或許我也能沾光當個滿厲害的人。

迷上金庸時我才五年級，很快就把整套看了個遍，因此和班上男生很聊得來。記得你還沒討厭我之前，曾經半開玩笑地對我說，「奇怪你幹麼和男生靠那麼近啦，很討厭欸。」當時我完全不在意，畢竟班上的男生又懂金庸又會下象棋麻將，我為什麼不能找他們玩？那時我還不知道，當個能輕易和男生聊天打鬧的女生就像走鋼索跳火圈，一個不小心就要付出鉅額代價。

一切都彷彿某種預先寫好的劇本。你和我曾經很要好，我們號碼相鄰，上音樂課時坐隔壁，去自然教室時一起走過長長的樓梯。每次月考我們輪流當第一，但無論是誰都沒考過五百分。

我以為我們會一直要好下去。

沉默的日子不是太難熬，只要假裝自己本來就不喜歡全班同學就好了。兩個月後，我檢索自己名字的歷史總算在國語課本的補充教材裡看見晨光，李清照的〈如夢令〉。那是我第一次看見名字的一部分成為課本上的鉛字，纖秀的李清照和她的侍女倚在窗櫺前，窗下是被雨打過的翠綠葉片，和水墨暈染的粉紅帶紫海棠花，即使被風雨洗劫卻仍在紙上微笑。

至今我仍無法完全描述當時的震撼：被朋友背棄，被眾人討厭的，沒有歸屬的我，有一天也可能被喜愛，被記憶，被歌頌，即使我與它的關聯僅僅是微不足道的十二個筆畫。

後來我發現圖書室裡有更多線索，比如兒童版的《紅樓夢》裡頭有好幾張大彩圖，其中一張是大觀園眾人組了海棠詩社，賞白海棠並以詩詠之。黛玉詩中寫到海棠之所以潔白是因為碾冰做土，玉為魂魄，我心想，天啊，這根本是在拍電影，就連《哈利波特》裡的藥草學教授也種不出這種魔幻藥草。我以珍重無比的心態捧讀每一頁小說，彷彿只要距離想像的世界近一點，就能離惡劣的現實遠一點。

每天我都在幻想郭靖或楊過會從走廊那一頭現身，拯救我衰到不行的人生。當然他們是不會出現的，於是我開始想像自己才是主角。行俠仗義的主角總是充滿勇氣的，也許我可以從主動找你們說話開始。

「嗨，我今天有帶 Pocky 喔，巧克力堅果的，你們要不要吃？」一個人上場總是有點害怕，我需要輔助道具。

「不用，謝謝。」你和兩個死黨雖然停止聊天，卻沒有正眼看我。

「……嗯，好。」我快速逃離現場，邊走邊痛恨自己的軟弱。

到底是什麼時候開始的？我無法停止回想，不停按下腦海裡的倒退鍵，試圖找到出錯的時間點。是因為上次月考她第一名我沒恭喜她嗎？還是因為校外教學去六福村時，我對她想玩的「天馬行空」嗤之以鼻，堅持來到阿拉伯皇宮這區就一定要玩「飛毯」否則不算來過？還是因為我得到全校字音字形比賽第一名被老師稱讚時，不小心模仿獅子王辛巴那樣，輕輕慢慢地揚起頭？

我真的很想知道。我花了整整一個禮拜才得出可能的答案，又花了三倍的時間醞釀再度找她說話的勇氣。我觀察了一陣子，趁著午休時間你獨自到走廊上的水槽洗餐盤時抓緊機會問你，「欸，那個，我是不是做錯什麼讓你討厭?你可以告訴我啊。」

「沒有，我沒有討厭你。你想太多了。」

我完全沒料到你會這樣回答。我愣在原地，望著女王甩乾手上的水滴，拎起餐盤走回你的王國。

本來就不可能成功的。我告訴自己。往後幾個月我的世界很安靜，我不再試圖去找你或是任何一個女生說話，你們也漸漸暫停那些關於我的耳語，轉而攻擊害羞矮胖的小靜。她也曾經是你的朋友，而我和小靜也曾經寫過幾個禮拜的交換日記，後來不知不覺停了，她也沒再和我說話。輪到她被欺負時我已經失去了開口聲援的勇氣。我猜自己的沉默多少也有點自暴自棄加報復世界的心態。

好不容易熬到六年級最後一週，體育老師決定來打水仗，全班超嗨，官方授權的水仗特別值得紀念。最後的上課日所有人都帶了水槍，男生更是拚了命地灌水球，一桶桶提到操場。水槍水球列陣以待，就等體育老師哨音嗶聲一下，開砸!

等太久的男生火力全開完全不留力氣，抄起水球就往每個移動的物體狂砸猛砸，砸得女生全都躲到外圍去，只有我玩得特別瘋，抄起大支水槍衝進男生堆往每個人胸前狂噴，彷彿想證明什麼或宣洩什麼。反正就要畢業了，我早就沒有什麼好失去。

玩得正熱烈時突然一大桶水從我身後澆下，我嚇得拋下水槍摀住眼睛大聲尖叫，所有人鼓掌叫好。那瞬間我才知道自己還可以失去什麼——我抹乾臉上的水，轉過頭看見曾經的朋友笑得好開心，於是我也笑了，用全身所有的力氣。

最後我連換衣服都省了，就這樣全身溼淋淋走回家。滴水的腳印一步步踩過紅磚道，結束了，一切都結束了，我最驕傲的就是那時忍住了所有的眼淚，像留下來的那些海棠。

小欽欽

老師：

當我獨自站在講臺上，被十幾個同學團團圍住的時候，腦中唯一的念頭卻不是把手中的粉筆摔進黑板溝槽，衝出教室去找你求救。

小欽欽是班上調皮男生幫我最喜歡的老師——也就是你，取的綽號。升上六年級時，你成為我們新任的班導師。你個子高，窄肩膀，體型削瘦，戴黑色細框眼鏡，高顴骨讓你的臉頰微微凹陷，給人一種書呆子的感覺。

六年級開學第一天你就酷酷地對全班說：「我把你們當朋友。」

我看得出這話相當有用，那些平時吵得要命的男生頓時不再亂動，臉上個個浮現難以置信的神情。接下來的日子，誰都在打量新來的班導師。你不會拉長了臉用苛薄的表情喊我們全名，也不會脾氣一來就開始挑整潔秩序的毛病，而是用親和的嗓音穩穩叫出每個人的名字。你有時還真的像朋友一樣呼喚那些男同學的綽號，被你欽點過的男孩都高興得飄到天花板上去了，開始用你的名字取綽號，叫你小欽欽。

就連被排擠的我，心底也對你燃起希望。

打從五年級開始，我就被踢出班上女生的小圈圈之外了。她們嘲笑我的身材與眼鏡，罵我自以為成績好了不起，當班長不過是因為去年的班導師偏愛，其實我根本不夠格。

升上六年級，換了個新班導，你成為麥香紅茶廣告裡那個和學生打成一片的老師。你對整潔秩序的要求不太高，還允許學生帶撲克牌和漫畫到學校，只要不在上課時間拿出來就好。眾人對你這個既像朋友又像大哥的新班導滿心順服，幾乎要奉你為神。

出乎我意料的是，你也指定我當班長——或許是有去年班導師的大力推薦吧，也或許是你刻意挑了個成績好又聽話的人來替你管理班級，況且你似乎隱約看得出我不屬於任何一個小團體，應是不會偏私。有了老師的賞識和班長的身分，我雖然沒有朋友，分組時也總是落單，至少檯面上的處境不會太難看。

開學第一堂體育課是躲避球，上課時你忽然一反常態地收起笑容，我們看慣了你輕鬆自在的模樣，此刻忽然緊張了起來。

「嗶！」你用力吹了胸前的哨子，右手持球，用嚴肅低沉的聲音開口。

「你們——聽清楚——躲避球——是很危險的！」眾人面面相覷，我擔心你是不是因為昨天有男生用躲避球砸女生而發飆，畢竟全世界所有的老師都很容易忽然就飆起來。

「我現在宣布——第三次世界大戰！即將！在六年七班開打！！」

全班開始躁狂尖叫，大笑，激動到要瘋了。那堂課你甚至親自下來和我們一起打躲避球。和隔壁班比賽時，場外的你比誰都還要激動，左手圈住嘴巴，用整條右臂畫出大圓圈（就像《獵人》裡幻影旅團的芬克斯那樣），用盡全身力氣帶領全班大喊：

「七班！」

「加油！」

「七班！」

「加油！」

「七班七班七班！」

「加油加油加油！」

從此以後你成為神一般的存在。

❊

神也有手機號碼，只要用家裡電話一撥就能直達天聽。

某天，你把自己的手機號碼寫在黑板上，說這麼做是因為你夠信任我們。你鄭重叮嚀全班同學要慎重看待他人的電話號碼，不能故意貼到交友網站上，也不能惡作劇幫他訂披薩。如果碰上什麼事情，可以打電話找他，再晚他都會接的。

「不管多晚你都會接嗎？」我在電話裡問你。

「因為我睡覺時沒關機啊！」你一副理所當然的語氣。

明天我要代表學校去參加縣立字音字形比賽，所以鼓起勇氣拿起家用電話撥了老師的號碼，想問請公假的事。本來只是件十分鐘就能問清楚的小事，我們卻聊了兩個小時，從明天的國語文競賽，聊到我平常帶到學校的金庸小說。

掛上電話後，我喜孜孜地想著，即使被主要的女生小圈圈排擠了一年多，我還是擁有特權的。有哪個班導師會陪學生講電話這麼久？全校有嗎？全臺灣有嗎？我在家中無人的客廳裡浮想聯翩，樂到轉起圈來。你在電話裡誇我成熟，懂事，你知道我喜歡文學，還用《傷心咖啡店之歌》的句子安慰我。

「翅膀長在你的肩上，太在乎別人對你飛行姿勢的批評，所以你飛不起來。」

此時此刻的我，應該是全世界最幸運的小學生。

過幾天你改習作的時候，一群人圍在你桌前哈啦瞎扯。後來你索性放下手中紅筆，加入聊天陣容。我看了也想參一腳，沒想到才一走過去，大家就安靜了下來，三三兩兩離開班導師桌前，留下我和你面面相覷。

也許是察覺到我尷尬的神情，你把改好的國語習作交給我，讓我發回給同學。這樣一來，我就只是去老師桌前領任務的班長而已。

發完後我回到座位上，戰戰兢兢打開自己的習作——還記得昨天的國語習作題目是「寫信給朋友」。我想著，不如寫給你吧，反正這個班級裡也沒有我的朋友。那，和我講了兩小時電話的你，應該可以算作我的朋友吧？不知不覺我越寫越入神，本該寫三行就好的格子，我寫了整整一頁。

打開習作，我驚喜地發現你除了批改，還多貼了張黃色便利貼，上頭寫的是你有多感動、能教到我這個學生很高興，讓我當班長你很放心。

「相信我們會是最好的 partner！」你甚至擔心我看不懂，特地在 partner 後面括號寫上「夥伴」。

❀

只剩一個月就要畢業了，沒人有心情上課。

那天又有男同學帶好幾組撲克牌來，問你早自習能不能打牌。早自習本該是溫書或考試的時間，你躊躇再三，卻抵不過同學們的苦苦哀求，就這樣點頭答應。

「但是要安靜！」你鄭重叮囑。

「你們還是要管秩序！」你指著我、副班長和風紀股長三人。「你們自己協調誰要上臺。」語畢，便逕自回了教師休息室。

只要能打牌，同學們便滿口說好，會很安靜，接著三五成團衝回座位開始發牌，留下我和其他兩人面面相覷。

兩個男孩提議猜拳，我第二把就輸了，嘆了口氣，彷彿是命運在開我的玩笑，注定要硬著頭皮站上講臺。

我在心底寬慰自己，不會出問題的，而且大家都答應要安靜了。反正我被排擠了那麼久，即使我回到座位上，也不會有什麼牌局願意讓我加入。

最初每桌牌局都很克制，但不到十分鐘，氣氛就開始不對勁。起先是教室右後方的牌局有了爭執，再來是幾個隔壁班同學經過，面露驚訝，衝回自己班上，接著三三兩兩在走廊上探頭探腦，趴在窗外偷看。

教室裡越來越吵，我一組組走過，好聲好氣請任何一個願意和我對上眼的人，請他們告訴組員，安靜一點。六組六桌牌，我不知道轉了幾次，走了幾圈。

「叫他們小聲一點！」

「好好好——」，每人都三兩句敷衍我，隨即把注意力放回眼前的大老二或心臟病。

我有點受不了，開始在黑板上記下吵鬧者的號碼。班長的職責與班導師的許可在心中對峙，腦內警鈴大響：窗外有糾察隊經過嗎？那個全校最嚴厲的凸肚訓導主任阿北會不會經過？他偶爾會在上課時巡堂，每回都無聲無息出現在窗外，把分神向外望的我嚇一大跳。

如果主任出現了，發現班長人在臺上管秩序，臺下卻鬧成一片，從走廊盡頭就能聽見我們班嬉笑怒罵，屆時我該怎麼辦？

逐漸有人發現我在黑板上登記的號碼，大聲起來。

「記什麼記！」人群往講臺聚集。起先泰半是男生，幾個女生也逐漸靠近。

「老師說可以打牌的！怎樣！」男生開始嗆聲。

我忍了那麼久，一股怒火湧上胸口，乘勢回嗆：「老師不是說打牌要安靜嗎！」

班上最受歡迎的核心小團體也圍過來。

「現在是怎樣？班長了不起嗎？」那個我曾渴望加入的小團體，裡頭最高䠷修美的，最柔婉受歡迎的，如今皆換上冷峻鄙視的面孔，在人群外圍怒瞪著我。

透過圍著我的人群之間的縫隙，我看見副班長和風紀股長兩個男生縮在座位上，雖然想看清楚講臺前的狀況，卻又不敢真正對上我的眼睛，手上還捏著幾張牌。

講臺前包圍我的人越來越多，辱罵我的聲音如暴風雪般越發強大，我只能用粉筆一一記下他們的號碼。看見自己號碼出現在黑板上的人狂怒加倍，平時就喜歡嘲笑我是自大書呆的幾個女生，此時開始罵起髒話。

「幹！」

『什麼！』

「靠！」

『邊站！』

他們惡狠狠瞪著我，我也不甘示弱地用力回瞪著他們。眼前是一張張憤怒的臉龐，我幾乎認不出他們平常玩鬧時風趣的模樣了。有人用力跺腳，有人怒拍講桌，還有人想罵髒話又不敢真罵，只得憋著。

你知道嗎，老師，在那彷彿無限延長、沒有盡頭的地獄時光裡，我彷彿分裂成了兩個——一個是緊握粉筆，怒瞪著臺前同學，相信你也許會忽然現身拯救我的我。那個我揮舞粉筆就像舞劍，在黑板上挽出朵朵劍花。

另一個我則是宛如抽離身體，意識飄到天花板，向下漠然觀看這場鬧劇的我。下方的教室裡，氣氛緊張到連空氣都會崩裂。

霎時之間，鐘聲響起，恍若天啓。彷彿千萬年般漫長無涯的早自習終於結束。眾人眼中的我，看上去想必像個被千軍萬馬逼至宮牆角落的暴君。我僅僅是耗盡力氣地揮了揮手，拾起板擦，將那些斗大的粉筆字號碼全數擦掉，眾人愣著，無話可說，便逐漸散去了。

某個週末下午，我們全家去了SOGO百貨，我在六樓的嬰兒用品與兒童玩具部遇見了你，你身旁有個髮長及肩的女子。你不像我過去認識的模樣，臉上的線條比起待在講臺上時柔和許多。你們倆並肩走著，但你的身體微微朝左側傾，彷彿你身邊的女子在兩人之中占有一種主角地位。

那時我還不知道這就是感情，或者說，我根本不相信你會和誰有感情。你應該永遠是我的老師，是那個曾在電話裡對我引用《傷心咖啡店之歌》名句的老師。

也許是遭逢背叛的感覺過於強烈，我在本班的奇摩家族裡寫了一篇文章，寫在SOGO看見你的事。送出文章前我猶豫了幾秒，但一想到打牌早自習結束後，你走進教室裡上第一節課時完全一無所知又輕鬆自在的神情，我的食指便迅速按下了送出鍵。

依照我被排擠的程度，可想而知沒有半個人回覆。那篇文章就在家族首頁孤零零地待了一整個週末，每次上網打開家族首頁，一陣紅熱就漫上臉頰。

週一放學後我終於看見你的回覆文，是第一篇也是唯一的一篇。你在文章裡稱呼我為「廖耙仔小妹」，用玩笑的口吻評論了我的文章，隻字不提百貨公司裡走在你身旁的女子。

羞愧的同時我心底也升起一種復仇的快意。面對曾經那樣深信的你，在百貨公司巧遇時我主動向你打招呼，假裝沒看見你羞赧的神情，故意錯過你打招呼時畏畏縮縮的模樣，也許那時的我就是想要製造一些混亂也說不定。

反正都已經沒人在乎我了，那麼我說什麼都沒關係了吧。

從那之後，即便我是班長，我也再沒有上臺管秩序，一次也沒有。

國小畢業之後，我念了隔壁的國中。即使是只有一牆之隔的那種隔壁，我還是憑著自己的力量重新開始了——我的成績依然優異，隱藏真正的情緒，選擇永遠呈現溫柔和善的一面。因此我人緣極佳，不僅加入班上最受歡迎的團體，就連下課時間去一趟廁所，我都能從走廊頭打招呼到走廊尾。

在這塊新大陸上，沒有人知道我的過去（應該吧）。

最後一次見到你，是你帶我和班上另一位女生出去聚餐。國中生活讓我逐漸忘卻當年被圍困的噩夢，雖然對你還是抱著複雜難解的情緒，但能私下搭乘你的車，和老師同學一起出遊，我依然感覺自己在你心裡的地位不同於其他人。

你請我們吃翰林茶坊，這價位對國中生來說是頓大餐了。餐桌上我們聊得熱絡，逐漸聊到將來的志向。也許是太快樂了，快樂到我鼓起勇氣說，我以後想當中文老師，教外國人中文，這是十三歲的我埋藏在心底的遠大志向。而且我的英文補習班老師在講臺上信誓旦旦地說，這是未來的趨勢。

「你再等一百年吧。」你說道。

剎那間，坐在我對面的，只隔著一個黑陶麵碗的你，忽然距離我好遠好遠。我低低垂下頭，刻意讓湯麵的熱氣蒸騰我的鏡片。

後來你開車送我們回家。下車的時候我知道，這是我們最後一次見面。

從那之後我再也找不到那張便利貼，但我遇見的每個高瘦清癯，戴細框眼鏡的年輕男子，都像極了你。

我特別執著於他們之中，最不在意我的那些。

自強鐵皮屋

芹：

不曉得你還記不記得，班導師宣布畢業旅行要去農場之後，班上最活潑的幾個男生開始大喊：「超無聊！為什麼不是遊樂園？」其他人則是唉聲嘆氣，抱怨連連，除了我之外。

不是遊樂園就好，我心想。這樣就能免於分組的尷尬了。

畢業旅行當天，我們坐著遊覽車抵達名為自強的農場，但天空下著綿綿細雨，戶外烤肉無法進行，只得進行室內活動。可這座農場又沒有足夠大的室內空間容納三百多名小學生，於是我們只好全數坐在鐵皮屋頂的遮蓋之下，開始畫瓷磚。

繪畫是校方安排的第一個活動，原來鋪在地板上的磁磚能拿來作畫，這我還是第一次知道。可是要畫什麼好？當慣了好學生，沒有題目的話我就無所適從。鄰近的同學們都開始畫了，那，在必須創作的此刻，我要拿什麼來作為被排擠的六年級生涯的最後註腳？

我盯著瓷白磚片，回憶起二年級時參加繪畫夏令營時製作的黏土時鐘和陶土蛋糕。把黃色黏土捏扁，再用塑膠刀具細細割出向日葵花瓣的時刻忽然浮現，那時還以為，成長，或者成熟，都像手中的豔黃花瓣一樣充滿了光。

我想畫出城市與鄉村的對比——為什麼這個念頭會進入我的腦海，我也不清楚，說不定是四年級去故宮看過的畢卡索畫展啟發了我。哭泣的女人，痛苦的女人，我用顏料調出破碎的鐵藍色，灰濛濛，沉甸甸，又直接在畫面中央以黑色畫了一道直線，左半側以排滿窗戶的藍灰高樓象徵城市，右半側以黃綠葉片象徵鄉村和自然的更迭，就這樣隨便撇幾筆完成畫作。

必須畫得抽象一點，好顯示我的與眾不同。

因為我不是你們那種人。你知道的。

我扔下畫筆，隨意閒逛，看見隔壁班畫技好的同學畫了一臺滿載鮮花的手推車，就是你會在散發微香的信紙上看見的那種小插畫。深藍色手推車，灰黑鐵輪，其上載滿洋紅、粉紅、淺黃的各色花朵，綴以少許綠葉，下方寫著 forever friends 的字樣。她身旁的眾人驚嘆著，我望著那幅作品幾秒鐘，默默走開了。

你記得嗎，曾經我和你也是挺要好的，兩人一起報名了補習班試聽，因為試聽者下課後都能免費領到一份雞排。臺上數學老師使盡渾身解術，不是在解題，而是搞笑。要是粉筆不小心斷掉，他便會大叫一聲「囟兆！」臺下學生笑得東倒西歪，男生們也不免「ㄒㄩㄥˊ ㄓㄠˋ」、「ㄒㄩㄥ ㄓㄠˋ」地喊。只是我們都知道他們喊的和臺上老師說的不是同一樣東西。

被你們排擠了一年多，這段歷程其實是有曲線的，這是我研究出來的寶貴心得。低谷期大概是兩三個月，等到你們說人壞話的新鮮勁過了，你們便會著手尋找下一個對象。大約兩三個月後，我發現你們討厭的對象換成手腳笨拙的小靜，我便試探性地接近你的其中一個好友，她對我手中的兒童小說《討厭愛麗絲》也頗有興趣。雖然書是我姑姑的，而且是套書中的其中一本，但我為了讓自己的地位更穩固一些，雖然不大喜歡她，但心一橫還是借給她看了。

後來我也有幸得到和全班最受歡迎女生（之一）的婷婷寫交換日記的機會。交換日記在女生群裡流行好幾年了，兩人共享一本可愛風或浪漫風的筆記本，書寫當日心情想法，日記體的祕密感，是兩人友誼的證明（是不是鐵證，我就不知道了。也有人同時和兩三個人寫交換日記的，但是在課堂上偷寫不行，她們寫到老師還曾經發怒，禁止任何人在課堂上寫交換日記）。

我曾模仿別人寫過「今日♡情」，正想在後面加上「：還不錯」，沒想到被路過的男生偷看到，他笑著大聲唸出來：「哈！今日愛情～」後來我在教室裡寫交換日記時，都小心翼翼地，整個人趴在桌面上低著頭寫。

但我還是有不夠小心謹慎的時候。和婷婷寫交換日記時，由於我太害怕重蹈覆轍（那時的我還不知道排擠霸凌是結構性因素，總以為被討厭全都是自己的緣故），便在交換日記裡寫下：「你願意當我最好的朋友嗎？」後來這本交換日記便如失蹤一般，再也沒回來過。

那可是我精挑細選的彼得兔筆記本，母親送我的，不是書局常見的軟皮Ａ４大小，而是硬殼精裝的Ａ６尺寸。最寶愛的筆記本究竟到哪裡去了？我百思不得其解。直到某天音樂課時我最晚離開教室，我在書包內遍尋不著音樂課本，只好往教室後方的置物櫃去找——校方幫每個人都添購了一個透明置物櫃，專放一些抽屜裡塞不下的物事。

我好不容易在自己的櫃內找到音樂課本，眼睛瞄到你的櫃子，忽然靈光一閃，趁著教室裡除我之外空無一人，右手食指和中指暗暗比了個十字架的手勢，接著迅速拉開你的櫃子——果然，我的彼得兔筆記本好端端地躺在裡頭。我打開一看，裡頭除了我寫下的文字之外，什麼也沒有。

那麼，你們鐵定都看過了吧。這交換日記也不算什麼日記了，說是公開嘲弄我也不為過。

我懷著無所謂了的心情走到音樂教室，再走回原班級自己的座位，再走到自強鐵皮屋裡。每一天的每一步，面上無所謂，心裡總是忖度著你們的想法，彷彿同時揣著好幾個人的心，深怕說錯一句話，又要掉入被排斥的曲線裡。

這次畢業旅行校方還準備了另一個活動——抓泥鰍。我心想，反正都要在這裡待一整天了，也沒什麼事情好做，不如我也來抓。我走向眾人圍住的大塑膠泳池，看著他們把抓起來的黑不溜丟生物放入塑膠盆內，也大膽地往泳池內伸出手——

觸手可及的泥鰍拚命往塑膠泳池邊緣擠，滑溜觸感令人噁心。究竟誰想被這樣抓拋擠捏？一池的泥鰍，一池的苦痛，我隨即放下牠們，轉身便走。

既然無事好做，身旁也沒有朋友，那不如逛逛紀念品店。其中幾個黑格架子掛滿文字吊飾，華康少女字體，我買了暗戀的男生名中的一個字，和我名中的一個字，回家後一併放在小玻璃瓶內。每天晚上我都對這個小玻璃瓶許願，希望他能喜歡我。

這是無人知曉的祕密，直到某日我換床單時不小心打破那個小瓶子為止。

畢業旅行那天我還是和不少人合照了，最令我訝異的就是你了。那應該只是個偶然——我站在過道上與樂隊同學合照時，你剛好走來，拿相機的同學問你要不要一起拍?你靦腆地微笑，點了點頭，於是我們拍了這輩子第一張也是最後一張合照。

快門按下也不過就是一瞬間的事，在那之後，我倆看著彼此，誰都沒說出一句話，各自走開了。

畢業旅行過幾天，磁磚畫燒好了，班導師抱著整整一大疊到講臺上，就著號碼順位一一拿起讓全班同學欣賞。有些人畫的主題明確，男生畫恐龍或機器人，女生畫的泰半是紀念國小最後時光的友誼。

輪到我的時候，班導師拿起我的磁磚畫，問我畫的是什麼?應該要直的看，還是橫的看?我不知該傻笑還是該解釋，因為在漫長的沉默的日子裡，我早就失去了聲音，就這樣坐在臺下搖搖頭，再搖搖頭。班導師得不到答案，班上同學也一片沉默，或許就在那陣沉默之中，遲鈍的班導師也終於意識到了什麼，但此時已經無力回天。他此刻能做的也僅只是沉默不語，放下我的磁磚畫，拿起下一個人的畫作，繼續這個眾人欣賞的環節。

畢業後我和你念了不同的國中，但是就在鄰近。據說那時你也想對一個絕頂聰明的女孩如法炮製，但那女孩之優秀，耀眼，才華出眾，人緣極佳，被師長公認為是全縣最有可能考上第一志願大學的孩子。你沒能成功，最後和學長談戀愛去了。

我常在想，我和你在友情造就的權力位階上雖然地位懸殊，但在談戀愛這點上其實並無二致。剛升上國中我就開始談戀愛，應該說在我們那個學校，這根本是再自然也不過的事。

都是後話了。畢業離開學校後我才想起，借給你好友的那本兒童小說《討厭愛麗絲》，她並沒有還我。而那本昂貴的天藍色彼得兔硬殼筆記本，再沒有回到我手上。

一直都想向你問清楚，那本彼得兔筆記本，到底是怎麼跑到你櫃子裡的？

單向信

這一系列的書信，都直指我心中一個不能迴避的問題：為什麼要寫下這些？

當然，是心中有許多苦澀的問題想問他們。不管是芹還是麗麗，我們都曾經有一段要好的時光。可是，我很想知道，究竟是什麼改變了我們之間的關係？

《為什麼她們都不跟我玩？第一本探討女性霸凌真相的專書》，說的是女生以操縱親密感來獲得權力，因為在女生的世界裡，人際關係比什麼都來得重要。我們渴望獲得他人的認同，無比渴望待在受歡迎的小團體內，擔心受到排擠所以迎合他人的意見與想法……每個人都怕極了被擠出小圈圈之外，所以對自己心底真正的聲音置若罔聞。

青春期前，大約是從幼稚園到國小四年級，我人緣極好，還喜愛打抱不平，像我最喜歡的電視劇《還珠格格》裡的小燕子。四年級某天，班上流傳著一張紙條：「我們來罷免班長！」

紙條從前方座位傳來時，我嚇了一跳。那時我們對於「罷免」這個詞的理解還停留在社會課本上，共有三個意思：一是罷黜官階或免除官職。二是公民對民選的公職人員，如總統、立法委員、直轄市長、縣（市）長、地方議員等，在其法定任期屆滿前，依法以投票方式使其去職。三則是在各級人民團體中，團體成員對其選舉出之理事長、理監事等，在其任期屆滿前，依法或組織章程以投票方式使其去職。

但這個詞最熱火朝天的時候不是在我國小四年級的當下，而是在未來——我念高中時，倒扁運動最盛行的時候。那是二〇〇六年，我一位平時就熱衷政治的男生朋友還特地搭車到臺北去參加抗議集會，在記者採訪、攝影師按下快門拍照時「啪」一聲把他印有「新竹高中」四個大字的書包壓在公車窗玻璃上。

那張照片後來變成了某某報的頭版，那個男生興奮地把報紙帶到補習班給我看。

「我上頭版耶，爽啦！」

「幼稚。」我回他。

而我的好友則是從網路上買來各式各樣倒扁小物，有紅白兩色的圓形大別針，尺寸大概有一個手掌心那麼大，還有一條手感粗糙的紅布條，捲成一小束，用橡皮筋束起來，像一顆鞭炮。她在別針的包裝上用立可白寫上「強」這個字（把我的名字唸得很快，就會得到這個字），然後再把紀念小物拿給我，因為跟她一起下單的人太多了，她一個人要處理好多份別針和布條。

但我的倒扁小物從來沒拿出來用過，這陣風潮就過去了。說到底我也並不真的想罷免陳水扁，高中的我只是想跟風，和朋友一起玩罷了。

事情回到我國小四年級，「罷免」這個詞用在班長身上，我還是第一次看到。那時的班長是小玉，看那紙條上的字跡，是女孩子，無法確定是誰。有沒有可能是喜歡說「欸我們來整她好不好」的麗麗？無人能得知這張未署名紙條的書寫者，我只知道當下的我腦子一熱，那節下課我率先去找小玉，但是站在她面前時，我卻不敢問她有沒有看見那張說要全班一起罷免她的紙條——我不知說什麼好，過半晌只好支支吾吾地問她：「你要不要跟我一起玩？」

小玉回了我什麼，我已經忘記了。但我直到現在還留有小四那年拍的一張照片，是真的洗出來的照片，不是雲端的檔案或 Facebook 相簿裡的紀錄。照片是四年甲班的大合照，我坐在小玉身旁，小玉面對鏡頭，笑得很靦腆的樣子。

我不希望她落單，所以一馬當先直衝過去，說「我跟你一起玩」的日子，含括了我小學四年級以前的日子。但我的好日子也就在四年級時到頭了，因為某些我始終不明白的原因，曾經是好朋友的麗麗開始嘲弄我，她的目標包含我的下巴、腳趾、鞋子，甚至是我整個人，還向我的好朋友們徵求簽名，簽署給我的「絕交書」。

我是後來才在《為什麼她們都不跟我玩?第一本探討女性霸凌真相的專書》讀到，女生從十到十四歲，是隱性霸凌的高峰期。女生並非沒有侵略性，只是是隱性的。從大剌剌的絕交書到暗地裡傳遞來去的小紙條，從直指人臉的笑罵到心照不宣的眼神交換，都是隱性霸凌的一部分。

但這些事我從來沒對誰認真說過。從國中到大學，我都有一群要好的朋友，但他們也並不知曉這些事情。我把自己偽裝成一個始終都很受歡迎的人，有幾個女生的好閨密，也有一起罵髒話的男生朋友。開口太難，難以啟齒的「欸我被排擠過耶」這話我從來也不敢說。

但是自從十歲開始，每一天我都在想，是不是我太急躁、說話太快、太衝太直接、不夠為人著想，才會被排擠霸凌？

我把自己活成一個，自己的事擺在後面的人。別人的感覺比較重要，別人的事情優先處理，這樣才會有好人緣。國一時我們班上幾個人要做科展的壁報，小郭問我：「你的字比較好看，幫我們寫壁報好不好？」順手把黑色麥克筆遞給我，我二話不說就答應了，努力寫壁報，把一大堆科展資料拚命擠到半開的壁報紙上，寫到右手小指的那一側都黑黑的。

至於我最好的朋友蔓蔓則是在旁邊偷笑：「是我的話才不要無償幫忙咧。」我聽了，一句話也沒說，但是寫壁報的手指卻慢下來了。蔓蔓有種無條件的自信，我也不知道為什麼，她當時就是有自信到無論開口說出多少挖苦的話，圍在她身邊的朋友都只會多，不會少。

曾經，輔導課本上有個小活動：把下列你生活中的事物，依照重視的價值排序，有親人、朋友、愛情、金錢、知識……蔓蔓大剌剌把金錢擺在第一個，有個男生笑她「你這麼愛錢喔？」她大大咧咧地喊說：「對！我就是愛錢！怎樣！」

其實我非常羨慕她能做自己，因為當時大家也是哈哈哈笑幾聲就過了。

又有一次，是我大四下學期的時候，明明報告多到寫不完了，學姐一問我「能不能幫忙翻譯啊？」我牙一咬，又接下了這份工作。當然，是無償的。那是戲劇系學期製作的劇本《長路 The Long Road》，寫的是一個男孩走在路上，忽然就被一個女孩殺死的故事。這齣劇裡的爸爸、媽媽、哥哥，都在處理弟弟突然橫死的心理創傷。

不對，我忽然想起，我做翻譯的報償就是可以免費去看這齣學期製作。是很優質的好劇沒錯，看到自己在翻譯時特地斟酌的遣詞用字被演員給大聲唸出來，我很開心，戲劇系的作品呈現、專業的演員表現也讓我大飽眼福。但我的報告還是差點就交不出來。

追根究柢，我就是那種濫好人，有人找我做事，我通常都不會拒絕，或者說，我害怕拒絕會讓我變成一個不那麼好的人，不夠好的人，然後世事便會莫名其妙地開始重蹈我被排擠霸凌的覆轍，就算這件事發生的機率很低也一樣。

我想事情還是要回到我小時候才能釐清，也許我不停地書寫小時候的事情就是為了搞清楚，當時究竟發生了什麼事？我不甘心也不服氣，為什麼愛捉弄人的人、愛嘲笑人的人、愛組小團體私底下傳謠言說八卦排擠人的人，都能順利進行他們擺弄他人的計畫？

冥冥之中想要討回公道的我，就這樣寫下了這一系列的書信。心中很想問她們：為什麼是我？我做錯了什麼嗎？

還是，正因為我是那種比較好欺負的人，所以她們才挑上我？

我必須要藉助這樣的書寫過程來經歷一番思考，才能知曉我心中的答案。

沒錯，答案不是她們的，而是我自己的。即使這些信件從來就不會有回音也無妨，我想獲取的答案，是自己給自己的。當時究竟發生了什麼事？而我為什麼要持續忍耐著，當一個不懂拒絕、不懂劃清界線的濫好人？

除了害怕失去朋友之外，我想不出更好的解答了。在朋友就是一切的青春期，我把自己偽裝成皮膚色的、順服體貼的模樣，事事想著他人的需求與好惡，以他人為優先的生活，就是我的年少時代。

「這件事擠在我心裡，每一天都很難過。」後來，我讀到散文家周芬伶寫幼時往事時這麼說。

那麼難受的每分每秒堆疊在一塊，難道就只濃縮成這麼一句話嗎？一句簡簡單單的、孩子似的話語？

可是也許，我心裡寄盼著，也許到了哪一天雲淡風輕時，我也可以說出這樣的話——這些事擠在我心裡，每一天都很難過，不過也就這樣而已。除了難過再沒有其他，已經不會羞愧，也不會懊悔了。

我是直到大學畢業後的某一年生日才轉變的。那年我終於下定決心（或許是終於累積了足夠的安全感），破天荒地買了一個自己喜歡的蛋糕——沒錯，我就連買自己的生日蛋糕，都會想著其他要一起幫我慶生的人愛吃什麼口味，而不是自己最愛吃什麼口味。

那是一種特殊的德式蛋糕，下層是杏仁粉做的海綿蛋糕，上層是藍莓優格凍。也許是太特別了，一起吃蛋糕的親戚和家人們都面有難色，有人甚至只吃下面那一層，還把上層放回蛋糕盒裡。我看到了，內心雖有不快，但還是面不改色把他們不要的優格凍吃完。

我終於可以吃自己喜歡的蛋糕了。再也不用怕有誰結夥起來排擠我。

那是自由的味道。

輯三

角落

飛越大峽谷

當我站在遊樂場的巔峰，雙手緊握橫桿，俯瞰球池裡無數尖叫，翻滾，歡笑的小孩，心裡充滿了神鵰大俠的豪情壯志。

那是我最接近勇敢的時候。

每隔一段時日，也許是四五個月，爸媽會帶我們去湯姆龍玩。那是間位於大潤發內部的大型室內遊樂場，大中有大，完全超出八歲的我的認知範疇，裡頭充滿我生平見過最華麗複雜的溜滑梯組合。通常我的旅程會從巨大階梯開始，而弟弟妹妹也通常在此時迅速消失在前方的鮮豔塑膠管中，叫喚無回。

深綠、淺黃、深藍、鮮紅，四色筒狀階梯通往高空中的吊橋，走過之後就是螺旋狀溜滑梯，約三層樓高，由一段段亮黃靛藍的管子組成，溜一趟下來要轉三四個彎，不頭暈都難。

像這樣爬個兩趟之後我就累了。被水管溜滑梯吐出來之後我會去找媽，有時候是爸，反正他們之中只有一個會在。通常此時我的雪碧已經不冰了，有點難喝，但我還是會喝完。真的太熱了。我坐在黃色塑膠小圓桌邊，邊喝邊望著那個我從未嘗試過的設施——彩色大球池角落的「飛越大峽谷」。

「弟弟妹妹呢？你為什麼沒有看著他們？」媽好像沒有不生氣的時候。

「我哪知道。」我又吸了一口雪碧。

我連玩也不能真的放心。

飛越大峽谷由兩個部分組成，起點大概有一層樓高，握把緊緊繫在纜繩上。終點是一面軟墊牆，玩法是握緊把手蹬離地面，地心引力會拉著人飛過無數彩球，飛過球海中狂笑尖叫的小孩頭頂，最後一頭撞上軟墊牆。人會在驚嚇與爽快之餘稍稍回彈一兩公尺，再鬆手讓自己掉入球池。

光是想像自己站在起點我就快要嚇死了。

弟弟妹妹滿身大汗回來了，他們興奮地向媽報告剛才玩了什麼，媽也忙著替他們擦汗，臉上滿是笑。

忽然，我覺得這張小圓桌已經完全屬於他們了。

那不如現在就走吧。

我自己去。

我放下空的雪碧杯來到彩色大球池，跟著一對父女爬上階梯，假裝自己有爸爸帶。那對父女直接走向旁邊的大溜滑梯，看也不看飛越大峽谷一眼。

這樣也好，至少我猶豫的時候不會有人催。

大峽谷的起點甚至比滑梯口還要高，所有小孩都在我腳底下。我掃視球海一周，心臟狂跳，忽然，我發現這是一個很棒的地點——那些孩子們的哭笑，為了誰先玩跳床的推擠，為了一顆老舊塑膠球的爭吵，現在看起來都非常、非常可笑。

遠離所有凡俗爭執的我高遠飄渺，像神鵰大俠，隨風飄飄天地任逍遙——《神鵰俠侶》的片頭片尾曲我都會唱。我站在這裡，享受獨據頂峰的快意。

我敢，但你們不敢。

我深吸一口氣，身體微微前傾，雙手握住黑色握把，再將雙腳向後用力一蹬，雙目緊閉，準備享受迎面而來的風。

沒有。

什麼都沒有。

一切都停住了。

正確來說應該是往前滑了一公尺之後就停住了。卡在空中的我距離終點的軟墊牆還有十幾公尺，身後的樓板早已搆不回去。下方的泡綿墊上沒有任何一顆塑膠球，這裡已經角落到不能再角落。

我應該要大叫，叫誰來幫忙，但我沒有。

我沒有出聲。一想到那些可能的責罵或訕笑，我的喉嚨就緊縮到動不了。

我做了一個至今仍萬分不解的決定——

放手。

不到半秒，我的右臀傳來一陣前所未有的劇痛。我跌坐在泡綿墊上，劇痛像火焰從我的尾椎燒上來，迅速在骨盆蔓延，我痛到整個人蜷縮在墊子上，撞擊聲嚇到前來撿球的小男孩。

所有歡笑吵鬧的聲音都退到遙遠的幾光年之外，全世界只剩下我和我的脊椎。

不知過了多久我才把頭從胸口抬起，試著輕輕挪動腳踝。雖然只要移動半公釐我就痛到嘶嘶吸氣，但至少我能動了。往前一點點，再一點點，絕對能找到一個不那麼痛的姿勢……我之外的世界彷彿靜止了一般，時間過得很慢，很慢，慢到在我把自己撐起來之前，外面的人只是輕輕呼吸了幾次。

我沒有把這件事告訴爸媽，當然也沒有人帶我看醫生。我只是自己走回小圓桌跟媽說，我想回家。

我的身體並沒有留下什麼疤痕，只留下一條陪我走了二十年路的，略短的右腿。

從不說不的女孩

有種人，臉上有字。「向我問路吧」、「我不會拒絕工作」、「可以向我傳教」……這一類的字。

不知是幸還不幸，我就是這種人。無法拒絕工讀生彎腰遞來的傳單；即使再怎麼不情願或趕時間，看見直銷人員的殷切神情，依然忍不住停下腳步填問卷。出遊的時候，遊客總是要求我幫忙拍照。至於傳教，校門口有不少教友，擅長鎖定滿臉稚嫩的大一新生（直到現在仍被誤認為新生令我憂喜參半）。逮住我是教友之幸，我的不幸，就連快步走開他們都有辦法跟上，最後的結局往往是我跟著他們輕聲覆誦：「噢，親愛的主耶穌。」（呃……嗨，親愛的主耶穌，他們好像沒發現我的手腕上有一串念珠。）

就連幫助老阿婆的那次也是。乍看是名胸懷騎士精神的女孩，沒人知道我只是個臉上有字的膽小鬼，無法說「不」是我的不幸。

某個傍晚我去市場刻印章，等待的時候心裡盤算著還有幾件事沒辦：蓋好章後去寄信，不對，郵局五點關門，附近某間郵局好像營業到六點但是在哪？我坐在店門口的紅色塑膠板凳上，身體隨著碰不到地面的雙腳晃來晃去，心不在焉到連一個老婆婆顫巍巍走過來都不曉得。只見地面上突然出現一雙黑布鞋與五柱形拐杖，猛然抬頭時不禁嚇了一跳：深褐上衣寬黑長褲，材質挺好，但老婆婆只剩兩顆上排牙齒，其餘全掉光了。其一暴牙凸出，另一萎縮死黑，像水溝裡的半截菸蒂。

她一直問著：地下室在哪裡呀？我要買皮鞋，我給那個小姐五百塊了……。我身後傳來印章店老闆的聲音：沒有啦那裡沒有賣皮鞋，地下室是停車場！他低著頭看報紙，眼睛抬也不抬。婆婆又喃喃自語說著「五百塊、那位小姐、皮鞋……」字彙像連環車禍在口中相互追撞，我聽不清。她朝向我的臉看起來非常無助，一隻手向我伸來，玉鐲閃耀翠光，真是落難的老公主。距離印章刻好還有十分鐘，就帶她去吧。

我不是騎士，只是不忍心。我領著老阿婆走到市場外，往地下室的樓梯口黑漆一片，她遲疑了，向倚牆抽菸的一群年輕男女問：賣皮鞋的地下室在哪？沒等對方回答完又吐出一串追撞的語言：我兒子不在家，他們都在外頭……。他們邊吞吐菸圈邊說地下室是停車場啦不用下去。

謝過他們後，我領著婆婆走回市場，打算勸她放棄吧別找了，市場快要打烊了，路上車多你早點回家……正盤算著，她又不死心問旁邊便當店老闆：賣皮鞋的在哪？雖然便當店左邊招牌上就有斗大「皮鞋」二字，鐵門卻是拉下的。老闆說，不然你要去二樓看喔，那裡有修鞋的。「阿婆你是不是弄錯了？把修鞋的記成賣鞋的。而且地下室沒有店，一家都沒有啦。」其實我不敢去地下室，而且現在是農曆七月，中元普渡剛過。要不是人人都看得到阿婆，我早就跑了。

「小姐你人真好，等一下我請你吃飯啊。」

「謝謝阿婆不用啦，我等一下還有事要辦。」

怎麼可能和你吃飯？你連話都講不清楚欸。人心的潛臺詞往往比刀劍還銳，這是世界教我的第一課。為了不傷人傷己，我必須隨時備好另一張臉。

我半扶半抬她小心翼翼上二樓，電扶梯上她叨叨絮絮，字句與舌頭纏黏在一塊，只能依稀辨認出幾句：「婆婆我前幾天跌倒啦」、「小姐你幫我提袋子」、「我兒子在美國」、「小姐我請你吃飯」……不過是上二樓而已，我卻覺得這座電扶梯比忠孝復興捷運站的那座還長。終於到了。阿婆艱難地跨出電扶梯。我問了梯口的裁縫店阿姨，得知修鞋鋪在走廊最底端。我攙扶著她，短短十幾公尺的路卻走了五分鐘那麼久，一路上我不禁猜想她的家人在哪？她會不會連自己在哪裡都不知道？等一下她要怎麼回去？

但是賣鞋與修鞋她卻分得很清楚。好不容易找到修皮鞋的店鋪，卻不是她記憶中那家。婆婆搖搖頭，直接走向一旁的髮廊，體型富泰的染髮阿姨似乎認得她，一面替客人梳上染劑一面用大嗓門喊著「賣皮鞋的在一樓啦！你趕快下樓不然打烊前電梯就會停啦！」

正在染髮的中年女子問我：「你是她孫啊？」「不、不是，我只是路人。」（印章應該早就刻好了吧，拜託我想回去了。）

繞了一圈回到原點，老舊的電扶梯張大黑口等著她。「阿婆你怎麼不下樓？」「我怕啊，前幾天跌倒了。小姐你真好我請你吃飯。」「謝謝不用啦我等等還有事要辦。」（你問第三次啦）。

好不容易從她害怕的電扶梯逃生成功，阿婆又停住了。「小姐啊，你記下來我的電話，二二三一……我住在……」雖然我聽不懂她住哪，但那不重要。我假裝沒聽到。「小姐你為什麼不記下來？王婆婆是好人，二二三一……」接收陌生人的個人資料已經超過我的極限了。我遲疑了幾秒，卻還是拿出手機記下。只是存著並不礙事。

經過轉角賣滷味的阿姨，婆婆又問賣皮鞋的在哪？阿姨說一樓有，指引方向時阿婆再度自顧自地說起：「我兒子女兒都不在家……」滷味阿姨從她背後與我用唇語交談：

「你——是——她的——誰？」

「我——只是——被她——問路——」

（一旁吃自助餐的白襯衫中年男子好奇地看著我們。他的嘴角油亮亮的。）

抓緊阿婆暫停張望的空檔，我牽著她離開滷味攤。（這是最後一站了吧。我真的要走了。）鞋店就在最初問路的便當店旁，鐵門依然緊閉，但這回換了條路，從右邊看，她終於叫道：「啊對對對，就是這家⋯⋯」那瞬間我的心情彷彿一〇一大樓的跨年煙火，終於解脫啦。

旁邊金飾店的老闆娘聞聲走出，阿婆似乎認識矮小的老闆娘，因為她又開口：「啊我要買皮鞋，我已經給五百塊了——」金飾店阿姨說，打電話給她家人吧，叫他們載她回家。阿婆聽到馬上著急地喊：「不用我自己可以回家，我家裡沒有人，舊金山我去過二十幾次了，我可以一個人回家⋯⋯我有給她我的電話，那小姐也給我你的電話⋯⋯」

這回我真的愣住了。不僅要記下她的電話號碼，現在還更進一步要我的？我一面思索著該不該給，一隻手卻反射性地在提包裡摸索紙頭。好人做到底吧，都走到這了。我安慰自己。

但我到底為什麼要當好人？

她還在說：「婆婆是好人家，我先生在⋯⋯上班，我們和蔣委員長⋯⋯我女兒在舊金山，小姐你在念大學對不對，你要出國念書我女兒可以幫你找房子……」

真討厭心口不一的自己。我慢慢寫下號碼，〇——九——三——七——就這樣給陌生人好嗎？隨便寫串數字吧，她又不一定會打。金飾店老闆娘在我背後說，哎喲小姐你真是好心。婆婆說對啊她就像我孫女，她的年紀跟我孫子一樣。

我覺得很心虛，把紙條揉成一團。她見狀急忙喊道：「欸小姐你做什麼呀？不給我了嗎？」

我向來以為當好人的原因多半是懦弱，不敢面對他人被我拒絕後散發出的強烈失望。然而我現在才發現，我更無法接受的，是那個分明有餘力幫助卻斷然拒絕他人的自己。

「不、不是，」我嚥了口口水，「我不小心寫錯字了，阿婆我再寫一張給你……」

最好的舞伴

小時候因為想飛所以學芭蕾，還以為跳舞就是要用一輩子的時間與地心引力對抗。至少在認識地板、認識現代舞之前，我是如此深信的。

夏日的午後自桌上的小寐醒轉，意識朦朧中依稀記得該去拿回半小時前洗的衣服，手臂上還印著瀏海的淡紅色痕跡。半瞇著眼，我趿著拖鞋啪嗒啪嗒走向宿舍洗衣間，正要進門的當下就被門檻狠狠絆了一跤——

下一秒我只知道自己從地板上坐了起來，磁磚冰涼的觸感還在腹側徘徊。沒有意料之中的疼痛和碰撞聲，也沒有下意識衝口而出的叫喊，只有右手略略發紅的印子和鼓鼓的心跳提醒自己剛才跌了一跤，似乎還在地板上滾了一圈。

地板之所以對我這樣好，或許是由於我和它已經成為朋友了吧。

排練室裡每日長達六小時的練習時光，舞作裡最難的一套動作是模擬人被世界束縛的過程。舞者們背裡面外，圍成圓形靠緊彼此，假想困住自己的是一張透明而堅韌的膜。在憂緩沉傷的中提琴旋律裡，我們拚命尋找任何一線可能是出口的微小隙縫，奮力拉扯：跨步、蹲伏、旋身、扯腰、彈腿……一連串動作中最難的不是後翻或騰躍，而是向外掙扎後精準地「坐」回地上的原點，完美填補圓形的缺口。

幾個月下來，舞臺上我最好的夥伴竟不是其他舞者。起初我和地板處得不大好，它待我的方式彷彿是上輩子結下的冤親債主，要我這一世用青紫的傷痕償還。滑行的時候它滿布痘疤的臉和小腿過從甚密，耳鬢廝磨之後留下無數紫紅色的吻跡。最難熬的是冬季，無論暖身多久體溫總是輕易散失的一月，舞者們赤裸的雙腳在木地板上一踩就是六個小時，腳底由暖而涼，由涼到冰，最後凍到無知無覺，還以為自己踩在巨大的冰塊上，疼到彷彿燙傷。

我總是在衝撞世界。排練室中的每一天，總要耗費幾個小時練習跌倒，練習掙扎，練習無中生有，直到哪一天動作能夠嫻熟自然，彷彿那是生活的一部分。起初彎曲的手臂和僵硬的神情總是洩露我的猶豫，諸如此類的缺失可想而知地招來編舞老師一連串的喝止，以及無休無止的糾正與練習……在小腿浮現第三十六個瘀青之後，我和地板總算是朋友了。在我蹲伏、前撲的時候堅忍地撐住我的重量，再安妥地將我送回空中，一如人生中那些堅實穩固的存在。

或許是由於身體已然演練過無數種與地板接觸的可能，因此當我在毫無預警之下狠狠跌跤，最可能受創的膝蓋或手肘反而丁點痛也感覺不到，還能在翻滾一圈之後隨即立起上身，臉上的神情彷彿及時逃離一場噩夢。無論跳舞或不跳舞，衝撞世界時我永遠是一個人，也永遠不是一個人。

三讀《燕子》

我初讀《燕子》是在高二，這是本描述現代舞的經典小說，朱少麟的第二本長篇之作。段考在即，我卻發了瘋似的捧著它一刻都不想停下。仗著不是期末考，某天晚上我對升學的一切厭倦忽然猛烈爆發，煩到極點時一頁課本都念不下，只想一頭栽進小說的世界。

想當然爾，那次考試結果非常差，但也算是小小體驗過一回放肆——在我們家，放肆不過是這麼點大的事，就知道我有多害怕脫離常軌了。如今想來，自己都覺得好笑。

初讀《燕子》，裡頭的角色非常吸引我，都是將內心情感凝縮到了極處再以舞蹈呈顯的絕美人物，有天生的舞蹈魔鬼龍仔，風華不似人間存有的頂尖舞者二哥，傳奇舞者兼女暴君卓教授……就連舞團裡最年幼的闖禍精榮恩我都羨慕，因為我連闖禍的勇氣都沒有。

當年我好不容易考進第一志願，日日身穿白淨的襯衫加素樸的黑百褶裙，走進嚮往已久的校門，滿心期待高中生活。我接受親戚長輩的讚美，昔日同窗的羨慕，和許多成績優秀的女孩們一同坐在教室裡，我以為這樣就是完美。

我說服自己這已經很完美。

沒想到當我在書中讀到這些舞者的生活，才知道我是那麼狹隘，狹隘得以為一口井就是一座海。看他們身體舒展如蓮花，跳躍昂揚如飛禽，俯身潛伏如走獸，我心激動不已，滿心讚歎「這才是我想過的生活！」那時我才十七歲，即使是大城市中的喧囂嘈雜和冷漠疏離的人際關係，讀起來也那麼新鮮，迷人。

舞者是無論如何都要跳舞之人，年少時我多麼欣賞那股將自己拋擲出去的決絕。

我將自己投射在主角阿芳身上，她性情內向羞怯，如一隻修長的水鳥，振翅時是那麼地美，卻總是顧盼驚惶。她察言觀色以求生，一呼一吸都彷彿如履薄冰。她天分高，無論是求學還是工作，都能兼顧舞蹈。可是她心知肚明，自己明明熱愛舞蹈卻始終在這圈子的門外徘徊，明明有極好的資質，卻被困在思緒中難以行動，明明渴望世界，卻永遠與人若即若離。

❀

再讀《燕子》是在大學的時候，我瘋狂迷上現代舞和小劇場。參加過不少社團活動和系上表演，畢業公演時也負責演員服裝，無論是臺上還是臺下，我都能找到一個屬於自己的位置。說實在我並不是個好舞者，即使練舞像讀書一般認真，但世間萬事畢竟不可能都像讀書一般。我慣走的老路子在此逐漸失效——太用力了反倒失卻輕盈，太害怕出錯令我肌肉僵硬，好不容易舞步沒踏錯、節拍也跟上了，就是繃著一張臉面無表情，無論是老師同學還是觀眾，都能一眼看出我的緊張。

原以為接觸了高中時夢寐以求的舞蹈就能快樂，但迷惘與徬徨還是占據了我的生活。我想起一個魚的故事。

小魚問：「我聽過許多關於海的故事，海的談論，可是海到底在哪裡？」

大魚說：「親愛的，我們現在就在海裡啊。」

我聽過這個寓言故事的許多變體，在小說、在電影、在劇集、在網路上、在line轉傳的勵志小品文裡，甚至是近年的皮克斯動畫《靈魂急轉彎》也採用了它。故事在不同文化中幻化出不同的形貌，隨著敘述者的性格不同而帶有各自的道德教誨。但人心的渴求不變，因此我選擇敘述這個寓言最簡潔的版本，意思大抵上是：「我已身在彼處，只是我並不知曉。」

身在彼處，才懂《燕子》裡舞者的艱辛。扳腿拉筋是家常便飯，難的是臉上不露出一丁點忍耐的神情。正式練習前的暖身最不能馬虎，雖然無趣，重複，但好的舞者知道最佳的暖身不是依著老師給的內容照本宣科，而是根據自己當日的狀態調整暖身內容。

例如，也許一名舞者發覺今日右腳踝特別緊繃，暖身時便多給那個部位一點時間。昨天針灸時醫生說，右腳的蹠骨裂傷復發了，那麼近日該思忖的，就是練習時如何分配其他部位的肌肉力量，好順利完成動作。時間是成本，身體也是成本，權衡自身擁有的成本多寡並妥善分配，是舞者的必修學分。

《燕子》孤傲的主角阿芳自恃是個優等生，更是酷愛文學與哲學的知識分子，書架上擺滿杜斯妥也夫斯基、喬治・歐威爾、川端康成、赫胥黎……她還每天寫日記。她不是從小一路跳上來的劇場明星，卻善於用天分與苦練彌補。她害羞又倔強，明明討厭古典芭蕾的保守跳法，卻又習慣在暖身時採用全套古典芭蕾式的把桿練習，日復一日地在憤怒中跳舞。

《燕子》雖然是本描述現代舞團與舞蹈藝術的小說，其實更是主角阿芳的成長歷程。她的性格在跳舞時一覽無遺，雖然習舞多年卻害怕與人交流，也不喜被人碰觸，執拗的個性讓她二度被卓教授逐出舞團。就連與她心靈相契的天才舞者龍仔，也直言「你沒有從你的裡面跳出來！」

跳舞，難的是自己，更難的是「別人」。精進技藝不只是自己的事，更是「別人的事」。

三讀《燕子》，是寫《假如我是一隻海燕》的時候。這是我的第一本書，也是對非虛構寫作的初次嘗試。在浩大的資料海中打撈滿載記憶寶藏的沉船，雖然需要大量的耐心與經費，但也讓我驚覺自己原來如此富有。

現在的女孩們學舞很容易，只要向家附近的舞蹈社報名，交了學費買了舞衣舞鞋，即可上課。高中大學裡也有不少舞蹈社團，能以較便宜的價格學舞，街舞，爵士舞，現代舞，風格各異，任君選擇。然而在寫書的過程中，我驚訝地發覺過去的女孩們若想學舞，得先逃家。

為何跳舞要付出如此大的代價？因為跳舞不只是藝術，更是向廣大的陌生人展露身體。像是啟蒙了臺灣第一代舞者蔡瑞月的朝鮮舞者——崔承喜，她去學舞時，各式八卦謠言如野火般燎原了家鄉京城，也就是今日的首爾。京城到處謠傳，說原是士大夫家庭的崔家，因為家道中落而將女兒賣到風化街去了。

對當時的朝鮮人而言，舞蹈是妓生才會跳的東西，好人家的女兒是絕對不能碰的。就連被譽為臺灣現代舞之母的蔡瑞月，少女時要搭船到日本學舞，都被船長誤以為是逃家少女，還請她到船長室去問話。

讓我們將時間快轉一下，來到雲門舞集剛創立的時期。雲門早期舞者鄭淑姬，也曾說過自己的母親責備過她：「毋知咧跳啥物？閣穿緊身衣，合查埔人攬來攬去。」鄭母幾乎要勒令女兒跳完就立刻回家去。那時的臺灣人，雖然在美國的援助之下見識了不少美國文化，但身體一事依然是禁忌中的禁忌，難以撼動的山嶽。臺灣幾代舞者們苦心經營多年，雖然培養出了一些看舞的觀眾，但社會大眾在意的還是舞者光裸的大腿。

當我再次閱讀《燕子》，赫然驚覺裡頭出場的女舞者們，雖然不必像數十年前的少女們一樣逃離家庭，但她們泰半都曾經歷過某種意義上的「失家」：主角阿芳出生後就被母親拋棄，中學時的舞蹈夢被家族裡的大家長一聲令下而驟然斷絕，好不容易捱到大學才加入一個現代舞團，得以課業與舞蹈並進。

又好比舞團裡年紀最小的女孩榮恩，阿芳草率地和她成為室友後，才暗叫情況不妙，自己好像憑空多出一個妹妹，不僅嬌憨又粗魯，還時常擅自使用她的高檔生活用品。隨著劇情開展，阿芳發現榮恩是孤兒，從小在天主教育幼院長大，黏人脾性的緣由，其實是榮恩一直夢想擁有家人。

就連那位君臨舞團的、脾性暴躁的卓教授，小說裡也揭示了她少數向人低頭的時刻。十八歲那年她為了跳舞離家出走，還沒走就被母親發現。她跪倒在地，求母親放了自己，代價是用一輩子的精采來回報這份恩情。

至此方知，出生在世紀之交的我輩之人，正以極低的代價學舞，跳舞，多麼幸運。

悔過書

我曾經擔任過一陣子衛生股長，那是從班長卸任之後的職位。不過即便是衛生股長，我也還是有負責的掃地區域——本班負責的區域中最棘手的一塊，位於地下室的樂隊練習區。地下室霉味甚重，靠近天花板的牆面上一整排抽風扇積滿厚灰，無力地轉動著的模樣行將就木，幾近無用。

不過樂隊練習區倒是少見的木質地板，淺褐色，只是早已被各式樂器拖拉拽曳的痕跡弄得坑坑疤疤。由指揮老師面對所有聲部的位置看去，最前面一整排是主旋律的口風琴，再後面一點，自左至右分別是木琴、鐵琴、四個聲部的手風琴，後方是定音鼓和銅鈸。

這裡居然也是有座位席的——霉味的主要來源就是這三座階梯式座位，上鋪暗紅地毯布，沾滿黑色的汙斑，該起毛邊的地方全起了。若是坐在上面，不小心就會扯出一個破洞。而我們班負責的外部掃地區域就是這塊樂隊練習區、座位席和座位席之間的石地板，以及隔壁兩間上體育課用的空房間，陰暗的角落裡滿滿塞著立起來的桌球桌。

不用說，從上方抽風扇縫隙裡掉落的灰塵不分日夜，每日掃地時灰塵漫天——那是還沒有新冠肺炎的年代，就連 SARS 都還尚未現身（或許正在地球某處暗暗醞釀著也說不定），口罩是少見之物，打掃時沒有噴嚏連連，已是幸運。我的工作便是打掃完自己那一塊地板之後，巡視整個外掃區域。

某天，瘦長臉的班導師忽然如風暴降臨，以女王的姿態首次巡視全域，神情嚴肅。閱畢後她來到我面前，大聲質問：「為什麼這樣分配打掃區域？為什麼放樂器的地方那麼大，你卻只安排一個人？座位區的地板卻安排了三個人？你到底在幹什麼？」

她吼完之後，不由我分說，便離開樂器間，轉而去吼其他外掃區的男生：「都在玩是不是！」

打掃時間結束後我們回到班上，果不其然班導師一站上講臺，就對著全班同學大罵：「沒有人在認真打掃！包含衛生股長！明天班會時間要拿來寫悔過書！自己回去想好要寫什麼！」

我本來是很信任班導師的。這樣分配打掃區域，我自有原因，但無奈老師沒有要聽的意思。

升上五年級後我有幸獲得音樂老師推薦，加入了樂隊，負責手風琴第三部，雖然不負責主旋律（那是口風琴和手風琴第一部的事），但偶爾也會有我們中低音一支獨秀的時候。同班的阿志也在樂隊，負責銅鈸，大家經常取笑他是最閒的一個，畢竟一首樂曲裡銅鈸只會出場那麼一兩次。

平常不練習時這些樂器都被好好收在箱內，鐵琴、木琴、定音鼓等大型樂器都蓋上表布，放在原地。負責指揮的音樂老師經常告誡，樂隊成員有義務維護樂器的保養與安全，要是看見非樂隊成員在這裡拿起樂器玩耍，甚至打鬧起來，樂隊成員定要制止。

阿志也被班導師分配到外部打掃區域，這樣正好，我便安排他負責樂隊練習區的木地板。這裡面積雖大，但樂隊練習人人皆是脫下鞋子，只穿襪子的，因此只需簡單掃地拖地即可（雖然那拖把之髒，依我看，說不定不要拖地還比較好）。

這一切都來不及向老師說，就必須寫悔過書了。

❀

多年後，我二十幾歲，在美劇《宅男行不行》裡面學到「teacher's pet」這個詞彙，直譯是「老師的寵物」，專指喜歡向老師告狀、拍馬屁、仗著老師喜愛就欺壓同學的寵兒——這是此字在英語語境下的解釋。只是不同的是，在美劇裡宅男們吃虧，而 teacher's pet 吃香，他們都是因為從小就是熱愛科學的書呆子而被霸凌的人物。

然而我十一歲時，班裡卻是全然相反的情況，teacher's pet 是最吃癟的那個人，因為無法在女生的小圈圈裡占有一席之地，只好傍著老師的一點勢力在班上生存。我曾經自暴自棄地想過，當 teacher's pet 也不錯，至少有個人靠。

已經被班上女生霸凌了，如果再沒有老師靠，那我還能依靠什麼？乍看之下是老師的愛徒，但實際上是依靠老師善意過活的人。至少，當我依稀在耳邊聽見關於自己的流言蜚語時（「她很跩」、「自以為是」、「還不是老師喜歡她」），想起我還能幫老師跑腿、當個股長什麼的，落單時就不至於太落寞。

躲避刀劍般鋒利的言語都來不及了，我哪有心思去向老師告狀、拍馬屁？班導師素以嚴厲著稱，teacher's pet 的定義之一，那個所謂「仗著老師喜愛就欺壓同學的寵兒」，在我們班是不存在的。

在班導師麾下當個安靜的乖寶寶，至少可以讓自己的位階不會太低，處境不會太難看。但是，明明正在認真打掃的時候，忽然天外飛來一筆悔過書要寫。我原先對班導師的信任，忽然就碎了。

我滿懷怨恨——悔過書這種東西，與其說不想寫，不如說是不想在課堂上振筆疾書，書寫的衝動讓我等不到明天。我想立刻把話說清楚。

當天放學回家寫完功課後，我在紙堆中挑了一張六百字稿紙。班導師並沒有規定寫悔過書的紙張，我認為隨便拿本深藍色作業簿，會打壞我從今以後寫作業的心思，才挑了綠格子白底的稿紙——要是從今以後寫作業都要想起這篇悔過書，那該有多慘？

起初我坐在書桌前寫，又隨即發覺，這樣從今往後坐在書桌前寫作業念書時，豈不是要日日想起自己曾經不明不白地被迫悔過了？

不明不白，不清不楚，但不得不寫。

於是，我走向家人日常起居的房間，坐在電視前的塑膠小桌旁。那組桌椅其實是為兒童設計的，圍繞著白色桌面下方黏貼一周的彩色貼紙早已被無數隻無聊的小手撕去、摳除。桌腳是深綠色的四根柱子，圓胖胖的，還有搭配成組的兩張黃色塑膠椅，四隻椅腳也同樣是圓胖型。即使我的身形早已不適合這種兒童座椅了，父母還是沒把這組桌椅丟掉，就當成電視前的小茶几擺著。

我生著悶氣，醞釀著寫作前的不平之鳴，打開電視隨意亂轉頻道，挑了一臺喜愛的綜藝節目，就著電視的嘈雜聲，伴隨家人在一旁走動來去的腳步和話語聲，佝僂著腰，寫下生平第一份「悔過」書。

看似雜亂的環境，與看似隨意的心思，也就是當時我唯一能做出的小小反叛。

❀

那是我第一次感受到老師威權的力量——不分青紅皂白，先罵了罰了再說。心底多少有著哀戚。

那，人生初次必寫的這份悔過書，該怎麼寫呢？

要說小聰明，我多少還是有的——首先，我在紙上先抑後揚地道了歉，說自己專心打掃，其他人在打混摸魚時，身為衛生股長的我沒發現。但實際上，今日稍早班導師大發脾氣的時候，我完全不清楚她是看到了誰，看到了哪塊區域，便斷定所有人打掃時間都在打混。

無論如何，我知道盛怒之下的班導師要看的就是這個——道歉，對不起，我錯了，等等字眼。所以悔過書最開頭那一行，必定得放入這些字眼，而不是解釋。

萬一她沒看到道歉，只看到我的解釋就直接開口罵人怎麼辦？所以不管怎樣我是必須道歉的。為了我沒做錯的事。

道完了歉，我再接著寫：但因為我是樂隊的成員，音樂老師交代過，放樂器的練習區域平時都是穿襪子踩上去的，乍看之下面積大，其實很乾淨，容易打掃，只需要稍微掃地和拖地一次就行了。反而是底下觀眾席的區域，灰塵和風沙經常從排風扇口掉落，加上觀眾席旁邊的走道，面積是樂器區的三倍，所以我安排了三個人打掃。

我越寫越快，原子筆差點戳破紙張。六百字稿紙一下就沒了。

老師會仔細看嗎？看了之後會明白嗎？我這輩子頭一次寫悔過書，完全不知道這篇文章的效果如何，最終會將我帶去何方。

❈

隔天班會時間，教室裡鴉雀無聲，班導師在桌前坐鎮，老鷹似的環顧全班是否認真在寫悔過書。我早就在昨天寫好了，一張滿滿的稿紙攤放在桌上假意在寫，其實是無事可做，只好抄抄喜歡的歌詞（當時記得最清楚的歌詞是八點檔《施公奇案》的片尾曲，鄭秀文唱的〈承諾〉）。

規定的時間到了，班導師收走悔過書，放在桌前仔細一張張地看。我不知道她什麼時候才會看到我的那份，心突突地跳。等待的時間要來抄第二首歌的歌詞嗎？還是把書包裡的《笑傲江湖》拿出來看？

還是不要比較好吧，班導師都已經生那麼大的氣了，如果此時此刻我還在看小說，那真是太危險了。

正擔心著，沒想到班導師已經開口了：「老師要告訴全班，老師誤會衛生股長了，老師在這裡向你道歉……」我嚇得要命，生平頭一次遇到會道歉的老師，整個人瞪大眼睛，手腳不知怎麼擺才好。

那種感覺，就像多年後我在臉書上看見朋友的貼文，她說自己狠狠教訓了外遇的父親一頓，而父親也道了歉。底下留言紛紛讚歎：「天啊……會向女兒道歉的爸爸耶……」一樣不可思議。

班導師道了歉之後，還是神情嚴肅地評論了好幾個人的悔過書，像是有好幾個人沒寫到重點，打掃時間必須要認真，等等。下課後「衛生股長果然是『teacher's pet』」的傳言甚囂塵上，我直到畢業為止都沒有逃過班上女生的霸凌，不過那都是後話了。

可是，這件事至少讓我發覺文字的力量。

寫悔過書的時候，我就這麼寫著寫著，忽然有那麼一瞬間，感覺就算誰也不信我也無所謂。老師也好，大人也好，甚至是神明也好，被誰誤會了都沒關係。只要我能一個字一個字把該交代的交代清楚，心裡就會踏實起來，就會有願意相信你的人出現。

那份感受像是一瞬間的光，一直引領著我走到今天。

輯四

圍城夜奔

圍城夜奔：三一八手記

——自十年後寫起

那時的記憶，像一場暴風。

我的時間感混亂，記憶不見得百分之百準確、連貫，因為「過去」早已消失在那個時空，百分之百以全觀角度記錄的上帝視角並不存在於人類的視野，此處以文字記錄的僅是我回憶事件當下的感受、情緒和關聯。

之前

二〇〇八年野草莓運動，那時我才大一，因為上課快要遲到了，幾乎是在泥水中奔跑著。那天下著雨，我沒騎腳踏車，啪嗒啪嗒穿著夾腳拖，經過共同教室旁賣鬆餅的小木屋，一名記者和攝影師大哥直接向我奔來。

「請問你對中正紀念堂靜坐的人有什麼看法？」彼時我披髮素顏不知打扮，見攝影機如見照妖鏡，擺擺手摀臉快跑，留下記者與攝影大哥面面相覷——印象中攝影機非常龐大，大到看不見抬著攝影機的人是男是女，只依稀記得是一臺漆黑的巨大機器。

我趕著去視聽館上課，那堂課的老師非常嚴格，我一點也不敢遲到，就這樣與野草莓運動擦肩而過。現在想來，之前經過大陸社社辦好多次，但我也是直到念研究所時才隨著友人踏進去。

數日後我接到母親來電：「啊你們學校是不是在抗議？阿媽跟舅媽都叫你不要去。」

我隨口胡亂答以：嗯嗯好啊不會去不知道他們在幹麼。

是的，不知道。不清楚。不了解。那時的我與其說自欺，不如說是懶惰。理解好難啊，忙都忙死了，哪裡有空。或許大部分的人也是這麼想的，即使那時我的眼中連「大部分的人」都沒有，更遑論社會，國家。社會是什麼？而國家又是什麼？我不願在考試之外的場合回答。雖然寫錯不會被打，但是我以及所有乖小孩都知道，寫下教科書之外的答案只會惹上麻煩，縱使我們總是斜眼睨著從小到大的每一頁公民與道德課本。

後來我才明白懶惰其實是化妝，抹粉遮瑕是為了掩蓋那些連自己也說不清楚的、坑坑疤疤的價值觀。如今我終於承認自己什麼也不知道，唯一知道的是我連卸妝的勇氣也沒有。直到大四我為了考研究所翻開《臺灣新文學史》，日治以來抗爭事件甩了我好大一巴掌。還沒完，我未雨綢繆先修了研究所的必修——臺灣史，課堂上更是巴掌連環襲來：流麻溝十五號、黃溫恭、施水環、蔣介石改判決書、鄭南榕、詹益樺……

那年我還在臉書上轉貼了陳為廷嗆教育部長的影片，國中同學在下方留了對陳的侮辱性字眼，我留言告訴他：「樓上，請你不要這樣。」沒想到他在自己臉書把我罵了個遍：「考上臺大就以為自己了不起，稱呼自己的老朋友為『樓上』，臺灣的高等教育真可悲……。」

那時我真心難過，真心盼望所有不同立場的人都能靜下心來好好談一談，於是寫了約莫一千字的留言給老同學，他沒回半個字，不過倒是沒再繼續罵我。

還有一次，翻譯課的期末報告是自選一文，中翻英，我選擇了胡淑雯為電影《牽阮的手》撰寫之文章〈真實不需要理由〉，將之翻譯成英文。電影記錄的是臺灣民主運動與社運人士，胡淑雯的文章推介了電影，沒想到報告完後得到的同學評語，其中之一是：「這是翻譯課，可以不要這麼政治化嗎？」

我笑了。以為可以自己不要政治、免於討論政治者，豈不就是政治。獨裁者最希望的不正是人民都像那出名的「三隻猴子」一樣：一蒙眼、一摀耳、一閉嘴。

不看，不聽，不說，最不政治，也最政治。

記憶之課

某日，距離下午的歷史課還有十五分鐘，我騎著腳踏車離開宿舍。不過短短五分鐘車程，彈珠大的雨點狠狠敲在行路人身上，我緊急煞車，慌忙從背包裡撈出底部的雨傘，狂風中拚命踩踏板，前進的距離卻連平時的一半都不到，世界正在明示我何謂徒勞。我的折疊傘幾度被吹翻，好不容易到了教室所在的大樓，膝蓋以下早已溼透。

沒有比這更狼狽的入場方式了，走進教室時我連髮梢都在滴水。沒想到才逃離一場暴雨，迎接我的是更寒冷的冰窖。包包裡預備好的針織外套已經溼透，只好晾在椅背上，赤手空拳對付教室裡的低溫，雙手不時摩挲身體保暖，我覺得自己看起來像一條剛被網上岸的活魚，摸起來也是。

匆忙擦乾身上的雨珠後我才抬頭，黑板前的投影螢幕上是一張黑白照片，六名年輕男女交錯排成兩列，對著鏡頭笑開來。尤其是左上角那一個，穿著洋裝，頂一頭俏麗的齊肩捲髮，笑得好燦爛，連上排牙齒有幾顆都看得一清二楚。

歷史系教授是名身材瘦長的中年女性，她在電腦上將照片調整到合適大小後，我才看見照片旁的說明文字：

後排由左至右，施水環（死刑），丁窈窕（死刑），張滄漢（七年徒刑），施至成（下落不明）……

因為好幾位同學抱怨冷氣太冷，助教在上課前就已經將門打開了，但是此刻的空氣卻更冷了，冷到教室裡沒有人說話，就連平時窸窣的窸窸私語和摸索文具背包的聲音都消失了。

他們與友人快樂合影時，應該無論如何都料想不到這張照片會成為大學歷史課的教材吧，只因彼此的人生這樣結局。

教授開始講解：保密防諜、反共復國、馬場町……講義上的詞彙高中時我都見過，卻從未明白它們的重量。這些我曾經虛寫在筆記上，考過便忘的字眼，已經深深烙印在某些人的生命裡，至死不癒。

講義上還有更多陌生的名字，高一生、蔡瑞月、黃溫恭……教授的聲音向來溫婉平順一如本人，但是今天的她有些不一樣。

我不曉得麥克風是否快沒電了，她的音調不像往常平穩，我還能依稀聽見句末微抖的尾音。我從未看過這些人，教授的話語卻能令每個名字浮現一張清晰的臉。無數的羅織，陷構，誤判，處決，我們的年紀，就是照片上的他們，當初哭著走進吉普車的年紀。

那已是數十年前的案件，如今大多數當事人都不在了，還在的人已屆凋零之年，快要被世界遺忘。說到「遺忘」兩個字時，我確實聽見教授的聲音在顫抖。

難道平時不苟言笑的教授，最害怕的就是遺忘嗎。

她顧著講課，忘了螢幕就在冷氣出口下方，好幾張投影的笑臉就這樣虛虛的飄在空中，我的心底升起一種複雜的感覺。對照他們後來的處境，那笑容太不真實了。但拍照的當下，他們的笑偏偏不是作假。能當做參考史料的照片那麼多，教授偏偏選了最快樂的一張作為代表。

笑得最快樂那一張。

雖然照片不是彩色的，但照片裡真正的黑白部分其實很少，大量的灰色構成整張照片的主調，陰影落在襯衫上，落在臂膀上，左下角的張滄漢刻意側對鏡頭，劍眉微揚，他略帶自傲的眼神彷彿在說，我知道自己長得好看。而大塊的深灰色陰影就落在他的側臉。

看著冷氣中微微飄動的照片，我覺得氣溫更低了。

教授說，依當時慣例，處決前必須先拍一張照片，處決後再拍一張，獨裁者要看的。「究竟是什麼樣的人，會想看人被處決之後的照片？」她的聲音顫抖得更厲害了。

「我曾經向指導學生借書，他正在念博士班，那位學生拿著書對我說，老師，折起來的這頁，是高一生處決後的照片，你應該不會想看，所以我幫你蓋住……」

她低下頭，細微的聲音接近喃喃自語，透過麥克風，我們聽得一清二楚：「當然不要，我要看活的高一生，不要看死的……」

教授是全臺最好的歷史學者之一，我以為在長年研究的過程中她已經習慣了。蒐集史料，埋首書堆，她看過那麼多死亡，有意義的，無意義的，「存亡慣見渾無淚」不是嗎？否則她要如何站上講臺？

教授繼續說：「如果她們還在，年紀剛好比我的老師大兩歲，現在也該當阿媽了。那時，這張照片就不會出現在我們的課堂上，也許施水環的孫子孫女會從相簿或抽屜裡翻出這些相片說：『阿媽，這是你年輕時的樣子嗎？好漂亮喔！』施水環則會回答：『你看阿媽旁邊的朋友，那是丁窈窕阿媽，她以前更漂亮……。』」

這些再平常也不過的對話，她們從沒有機會說出口。

取而代之的，是處決後的遺照。

我瞥見教授的隨身碟裡有一資料夾，專放林義雄那對不再長大的雙胞胎女兒照片。「我真希望，」一向低著頭不疾不徐講課的她，此時的嗓音細微到只剩喃喃自語，句句帶著顫抖的尾音，「自己今日的憂心忡忡成為日後的笑柄……」

窗外再度滂沱暴雨，教室裡的人哀嚎著，雨這麼大，就算撐了傘也會弄得一身溼，該怎麼出門趕赴下一堂課。

照理來說，修完了課，考完了試，從小習慣升學主義的我就不必記得他們了。

但這次不同。

怎麼可能忘得掉。

行動劇

二〇一三年夏，我參加了反對黑箱服貿的行動劇演出。參演的角色有六人，舞者

Ｌ身穿一大塊印有綠色臺灣形狀的布料，編舞老師的服裝設計理念，是在布料上開大洞，讓舞者的手腳伸出來，再在布料上縫製許多小口袋。而我和另一位舞者敏敏負責的角色，就是打扮成辛勤工作的臺灣人，一邊繞著Ｌ扮演的「臺灣」轉圈，一邊把先前藏在口袋裡的玩具假鈔放入「臺灣」身上的小口袋。

接下來，象徵國民黨和共產黨的演員出場。頭戴紅色高帽子的演員塗上黑色口紅，身穿ＳＭ的漆黑道具服，而頭戴藍色假髮的演員身穿有白色荷葉邊圍裙的女僕裝束，僕從獻媚，主人奴役，二人共舞。

此時，我和敏敏的角色又從辛苦工作的臺灣人轉為啦啦隊。我們拿出預備好的紅藍彩球，當共舞的二人在場中央難解難分時，我們在他們身旁，一邊繞著大大的圓圈，一邊揮舞著彩球，為他們加油。為了讓角色轉換靈活，我和敏敏穿的服裝就只是單純的白Ｔ和牛仔短褲。

行動劇演完後，我在臺下發現歷史系教授的身影。臺下觀眾大多是臺灣教授協會的成員，擺滿臺式辦桌的圓桌，上鋪粉紅色塑膠桌巾，她坐在那裡，溫柔堅定一如往常。為了不要打擾臺上其他演出，我向她自我介紹時蹲在她身旁，「老師好，我是修過你臺灣史的學生……」她雖然有些驚訝，但還是和藹地稱讚了剛才的表演。

表演結束後，編舞老師說史明老師請吃飯。那時我還不知歐吉桑的大名，默默地就跟著一起跳舞的朋友去吃了。地點在某間臺式酒樓，席間眾人忽然放下筷子，全數擠進某間小廳，我跟在後方走入，忽然見到好久不見的藍士博，興奮地打招呼，卻忽然遭到許多人瞪視，轉頭一看，原來是一名坐在輪椅上的老者已經開口說話。

他說話非常小聲，聲音也已經模糊不清，但身邊有許多人拿著錄音筆遞在他身前。那是我初次見到歐吉桑的容顏。

那陣子正逢士林王家擋拆，我至此方知前頭尚有樂生療養院與關廠工人案件。今後，我為了自己心中也不甚清楚的一個聲音，穿黑衣參加校慶挺紹興社區，不停在臉書轉貼華光社區強拆與反媒體壟斷的新聞，然後是大埔事件、八〇三送洪仲丘，滿城白衣似雪、八一八占領內政部……親戚得知我關切這些事情之後，指著報紙頭版嘲笑我：「你以為你們每天都能上頭版啊？」

我不理他。

生時正逢國家機器率獸食人，是為不幸。

又過了一陣子，二〇一三年十一月，史明歐吉桑慶生，地點在臺北車站樓上。跳舞的朋友邀我一起去。

已經忘了是在哪裡握過歐吉桑的手，他對我說的話已經含糊，在嘈雜的人車聲之中我其實未能聽清楚，只約略記得是「你們要繼續為臺灣努力……臺灣的未來……」這樣的句子。

我始終記得他厚實手掌傳來的溫度，粗糙長滿皺紋的手，彷彿傳遞了什麼給我，那是無法以語言傳遞的，期盼的重量，那麼輕，輕到我難以察覺，卻又那麼重，重到我再也沒有放下過。

三一八

聽S說立法院旁邊有活動，我們在臺灣文學史下課後，隨便吃了飯就去現場看看。

大概七點多抵達，群賢樓旁邊的濟南路搭起了舞臺，有一些人群，如此而已。我們待了快一小時，在濟南路四處走走看看。但單肩背著二·二公斤重的筆電四處走，實在太累，索性坐在人行道上休息。

那時只見幾個人圍在立法院側門的鐵門，誰知道那就是一切的破口？

舞臺上的活動一個接著一個，我們以為不會有什麼事，再加上筆電太重，肩膀壓痛，九點前我們就先離開了。我回宿舍，S回他位於景美的租屋處。梳洗後我睡下，心中卻還是隱隱擔心會有什麼事發生，便把手機放在枕頭邊（那時我的手機還是小臺的HTC，智慧型手機和觸控式螢幕剛開始流行沒幾年）。

不該放在枕頭邊的，想來那便是我長期失眠的，一切的開端。

三一九

約莫半夜一點，我被手機震動驚醒。是研究所同學K傳來簡訊，大致上是說「占領立法院了！周邊需要大量的人！能來的人就趕快來！」

腦袋被震醒，但身體還在睡眠之中。右邊肩膀已經被筆記型電腦壓得硬邦邦（不該總是用慣用手這一邊揹電腦的），身體沉重得跟石塊一樣。睡眼惺忪中我猜想，S應該也收到了一樣的簡訊，於是撥了電話給他。S說他已經在前往的路上，室友騎機車載他去。

但我實在累得不行，梳洗讓我的身體放鬆下來。一想到要在半夜獨自騎腳踏車度過那條黑暗的，長長的舟山路，才能抵達明亮的捷運公館站，我便跟S說，明天起床後我再去。

放下手機之後我想再睡回去，但腦中已經警鈴大作，幾乎將意識分成好幾半——受生理現象影響的我，和慌亂著想釐清究竟發生什麼事的我，始終在腦中搏鬥著，多年來沒有停過。

但我後來還是睡著了。早上約莫八點多醒來，幾乎是跳起來的，立時便翻身下床。一醒來就查看手機，問研究所同學霓要不要一起去，想必她一定也收到K的訊息了。剛起床的霓十分驚恐，我們約半小時之後在科技大樓站見面。我迅速梳洗過後，胡亂滑著臉書，看見有人說現場急缺物資，我便把房裡的五六包衛生棉全部裝袋，一拎就出門了。

到了立法院外頭已是人山人海，已經有人用 PC Home 二十四小時配送叫來海量的物資，各種生活用品一應俱全，我有點失望，但也慶幸已經有這麼多援助。迅速晃晃後我沒看見衛生棉，卻找到放衛生紙的箱子，把自己帶來的一袋衛生棉往箱子上一放，便去與朋友會合了。

三月十九日到三月二十二日這幾天，時間感尤其混亂，我不記得自己睡了多少，吃了什麼，全身心都是立法院立法院立法院……真要算起來，一天可能只睡四五小時。

過兩天我還有文學理論的課堂報告要做，不敢就這麼把身心都拋出去睡柏油路。不過，幾乎我所有的學長姐和同學都像進入了戰備狀態，我們不是在學校和宿舍，就是在立法院內外。沒上課的日子，就和同學約著去立法院；有上課的日子，下了課之後就和教授一起攔計程車去。教授在計程車上與反對占領立院的司機大吵起來，後座的三個學生膽戰心驚，卻又充滿參與歷史的使命感。

下了車，教授似乎還義憤填膺，沒看紅綠燈就要衝過馬路，我趕緊一把拉住他襯衫袖子，把他整個人從斑馬線上給扯回來。

睡在宿舍時頗有罪惡感，床墊那麼厚實，柏油路那麼硬，光是盤腿坐著一兩小時就屁股痛。但柏油路面實在太難睡，我只睡著過一次，其餘時間都醒著，和同學聊天，談論不知是真是假的各路消息，警覺著不要被帶風向。十九日晚上我們或坐或躺在警察面前，青島東側的立院廣場，臺文所幾乎是傾巢而出。不知是誰開起玩笑，說「要是現在立法院爆炸，臺文所就滅所了！一半以上的人都在這裡耶！」

小胖從隔壁傳來一本小筆記，不知道是誰提供的，上頭是各式各樣的相互打氣留言。他開口問：「你們得過文學獎的要不要寫一下？」不知為何我腦中一個字也沒有，搖手拒絕了。「你那麼會畫畫，還是你來畫張圖吧。」我對他說。

我在柏油路上睡到三四點，半夢半醒，疼痛。疼痛。疼痛。渾身都痛。旁邊躺著的是研究所同學，我不敢翻身，亦不敢熟睡。睡睡醒醒，睡下了也尖著耳朵想聽周遭動靜。

天亮了，我們搭第一班捷運回宿舍。差點在車廂裡睡著，一路坐到底站新店……幸好有在對的車站下車。出捷運站後，我努力支撐起身軀，掙扎著騎腳踏車回宿舍。全然忘記自己有沒有把深陷腳踏車陣中的車子拔出來了，疲憊令人忘記語言，忘記肢體，只有本能是在的。呼吸的本能，眼觀四面的本能，移動著尋找安全隱蔽處的本能。幸好騎腳踏車就和游泳一樣，學會了就不會忘。

回到宿舍，猶豫著不知道要不要洗澡再躺上床。失去思考能力，但一想到柏油路面，就還是沖了澡，不洗頭，就不躺枕頭。我的潔癖。可是躺在床墊上，便又覺得自己背叛了還睡在柏油路上的夥伴。

我可以稱呼他們為夥伴嗎？可以吧？

某天晚上我沒約S一起行動，一個人去立院。先找到正在當糾察的K，他領我去社科院總部，獲得一張社科院通行證，黃色的，上面以黑色奇異筆寫著「社科pass」。

那時候非常焦慮，完全不確定自己做什麼會被媒體拍攝，究竟做些什麼才是安全的。幸好走在路上時總有社運前輩教我們各種抗爭知識，某次前輩正在說明各種盾牌的特性，見到我臉色泛白，他有點輕率地說，「你不會被打啦，反倒是你旁邊的幾個——」他看著我身旁的幾個滿臉激動的男生，「你們才要小心。」

我在臉書上滑到太多消息，大多是男生被打，女生撲上去，用身體蓋住。警察看到女生，有很大機率會停下來。然後好一點的，會叫女警來抬人。

話題一轉，社運前輩談到了警備車。遊覽車一般大小，外觀漆黑，從外部看不清內部究竟有多少人。前輩語重心長地對我們幾個女孩說：「盡量不要讓自己上警備車，如果快要被拉上車了，要使盡全力拚命掙扎，直到有人發現去救你為止。如果被丟包到附近，例如臺大門口，那就還好。如果被丟包到什麼山區野外，那就要自求多福。女生絕對要結伴同行，絕對不要分散，一起摸黑走山路回來。」

他意味深長地看了我們幾個女孩一眼，搖搖頭，自行離去了。我看著他疲憊滄桑的身影，胸中熱血沸騰的同時卻夾雜著不甘心，總覺得他擅自託付了什麼沉重的物事給我們，手裡卻什麼也沒有得到。

三二四

三月二十三日那天晚上，行政院內外的人如團集的星雲布滿夜空。那晚我和S一起吃了乾麵，在小吃店討論手機裡收到的簡訊：「今晚行政院那邊會有行動。」是議場裡的人發來的簡訊，許多人都收到了。我問S，「你有打算去嗎？」

我還特地把這件事放到晚餐最後才說，事先準備了一個北美館展覽的話題（中國藝術家徐冰的展），問他有沒有興趣一起去看。等到麵都快吃完了，我才提起簡訊的事。S說他想去行政院看看，清爽俐落地吃完碗裡最後一根裹滿醬汁的麵條，溫文地抽起一張小吃店裡提供的小張面紙，抹了抹嘴（不過還是隨手往桌上一扔），兩人一起結完帳，快步往捷運站走去。

臺大醫院站的人已經不少了，隨著人流往行政院那邊走，我簡直嚇傻了——比最初的「立法院園遊會」還要誇張（我們都戲稱最初占領立法院那天，外頭的人擠得跟園遊會一樣）。遠看，螞蟻般的人群越過行政院廣場前的鐵門，我與S跟上，鐵門前我還在猶豫著，後面湧上來的人就已經把我往前推。

我伸長手，心裡知道邁開了這隻腳就沒法回頭——才剛踩上鐵門，等在鐵門另一頭的人就把我往上一帶，護著我的腳步，這才小心爬了過去。

廣場上人潮奔竄，我和S本來只是想在廣場上找個地方靜坐。千真萬確，一開始只是想靜坐而已，我的後背包裡還裝著一張日式坐墊，離開宿舍時胡亂塞進去的。沒想到我們小跑經過行政院建築物旁邊樹叢時，看見幾個黑影在拉扯。是兩三個警察硬拉著幾個人往樹叢後面拖，看這情況八成是要躲起來打人了，周圍的人立刻叫嚷起來，喊沒幾聲，警察就跑開了。

才稍稍放下心，一轉頭就看到有人往行政院的窗戶爬。一樓半那麼高，沒想到已經有人上去了。我還沒反應過來，S就往那裡衝，我擔心出意外，隨即跟上去，底下的人一個拉一個，下面的拚命往上推，我的臀部被推了好幾下（慌亂中顧不得被誰摸），上面的死命向上拉，騰雲一般，擔心自己摔下去的情緒只維持了兩秒，我用力抓住窗沿，已經上去的S一扯我的雙手，我就這樣進了窗戶。

那時約莫是晚上九點多，進去之後是茶水間，我跟著S一起往內跑，經過像是媒體接待室的房間，裡頭的幾張桌椅已經亂了。再沿著階梯往下跑，沒想到初次進行政院居然是在這種情況下——我心想，快閃行動就好，就這麼從大門竄出去吧。

沒料到警察已經圍堵在大門口，蛇籠在我眼前展開，鐵蒺藜的芒刺勾得人心驚肉跳。我立刻煞住，從沒想過小時候玩「鬼抓人」和「閃電嗶嗶」練出來的能力能在這時派上用場。我立即往後退到大廳中央，和眾人待在一起，喘著氣坐下。

從進入行政院到被驅離的這幾小時內，陸陸續續有社會人士進來對群眾喊話，但他們之中我只認識社會系的某位老師（多年後他成為 me too 事件的主角），黑夜彷彿無限延長著，沙漏無止盡地滴。有人在低聲交談，有人在假寐休息，S在看書——幹，他居然有辦法看書——我根本沒辦法，一個字都讀不進去。他的腦袋不知道是什麼做的。

大約十一點左右，眾多警察已經裡裡外外來來去去好一段時間，先是把行政院大門和左右兩扇小門給關起來，蛇籠依然攔在那裡，亮著獠牙訕笑著。面對大廳右側有一扇偏門通往中庭，警察們似乎決定要把一部分的人從那裡驅離出去，但那扇偏門已然頗為陳舊，有些歪斜。

幾個警察左扳右拉，靜坐的眾人忽然聽見「砰咚！」一響，一齊往那個方向看去，只見那扇偏門已經整個掉下來了。眾人們異口同聲發出「ㄏㄡˊ——」的聲音，霎時那景象令人有些錯亂，彷彿國小的時候在班上看見班導師弄倒講桌上的整疊作業簿時，全班同學會發出的聲音。

進來喊話的其中一人，呼籲靜坐抗議者告知家人朋友自己人在此處，否則接下來會發生什麼事，他自己也不知道。我和一起靜坐的人迅速攀談起來，結識了N，兩人討論後覺得在臉書打卡是個好方法。因為獲准進入拍攝的媒體非常有限，也不知道哪幾家媒體會有公正的報導，還是自己在臉書打卡比較保險。

沒想到S說他不能打卡，我有點生氣。自己是被S拉進來的，他卻沒有在每個行動都同進退——但我隨即又想，這想法實在太小孩子氣了，現實都這麼緊張嚴峻了，還在意這些做什麼？

況且，要在無數個細碎的決定中追求最正確無傷的一串因果鏈，本就是天方夜譚。

我最氣的還是學運領袖們——約莫凌晨一兩點左右，有個人進來，說議場裡的人不承認這次行動。這算是正式被議場裡面人切割了吧？圍觀的警察之中浮現幾張冷笑的面孔，也有些人露出擔憂的神色。

那是真真切切，被棄的時刻。

一旦過河，便是卒子了。

那，為什麼還要待在這裡？後悔與猶疑在腦中奔馳來去，我看向靜坐了三四小時的眾人。有些人看似動搖了，但也有些人留在原地，神態堅定，面容冷峻。

我看向S，他滿臉鎮定，所以我還是留下來了。

留下來，要面對的是什麼？我以為自己知道，有一種朦朧的預感，隨即被破釜沉舟的決心給壓過。

為什麼留下來？這也許是我要用一生去回答的問題。

留下來才會知道。

我繼續滑著手機，臉書上看見立場偏頗的媒體造謠：「半夜一點多就清場了，和平勸離行政院內外的抗爭群眾」、「江院長只是下令警察拍肩驅離而已，沒有任何人受傷流血。」

圍城的時刻，我繼續留言：「我們還在，不要相信黨媒抹黑造謠。」

忘了是什麼時刻開始，身穿黑衣的鎮暴警察把靜坐抗議的眾人給包圍起來。也許有人會問，這種事情怎麼可能忘記？然而，正是在這樣瀕臨危急存亡的時刻，時間感反而混淆不清，我只記得抬頭往上一看，二樓一圈、三樓也一圈，能夠俯瞰大廳的迴廊，滿滿都是黑衣鎮暴警察。而靜坐的人們手無寸鐵，前排的人腿上蓋著寫有標語的瓦愣紙板，如此而已。

走進大廳的其中一人對眾人說，被驅離之後可能會上警備車，可能會被載去遠處的山區丟包，也可能只會被載到附近。那人唸出了法律扶助基金會的電話，「〇二……」，要所有靜坐抗議者立刻記錄下來。我這輩子從未想過，自己會有在手機觸控面板按下這串數字的那天。

所以手機絕對不能沒電。我先暫停回覆那些關心的訊息，開啟飛航模式，保留電力。

補給的物資來了，是礦泉水和饅頭。我想，既然都要留下來等待被驅離了，那麼就吃吧。在極度緊繃的時刻，嗅覺和味覺變得很淡很淡，吃不出味道，只記得是褐色的饅頭，忘了是黑糖還是紅糖味。

大廳一角有臨時搭建的廁所，用簡介這棟機構的說明背板搭建起來的。我有潔癖，不願去廁所（不過S倒是和其他男生一起去中庭撒了尿）。為了不上廁所，我盡量不喝水，渴了只淺淺喝幾口潤唇。不過後來我還是忍不住，牙一咬就進去了這間看上去極不牢靠的臨時廁所——在這種地方能出現廁所，該感恩了。但我心裡還是忍不住浮現國高中時在學校上廁所的情景，薄薄的塑膠門板和極不牢靠的喇叭鎖，膽戰心驚。

我進去臨時廁所時，半桶深褐色的尿液已經在那裡，只得用力憋氣。行政院的紅地毯上擺著一個桶子，原先應該是裝水泥或油漆的，我沒仔細看。眾人的尿騷味刺鼻，作為牆壁的背板就在旁邊，深怕一個不小心就碰歪了。那麼我就成了在行政院大廳裡撇尿還可能被攝影機拍到的人？想到這裡，就連尿也沒徹底結束，匆匆便穿好褲子，閃身出去。

驅離的時間不斷延後，進來放話的人先說是一點，再變成兩點，後來又延後到三點，四點……「總是要混淆我們，緊繃了又放鬆，這樣反覆幾次直到我們累到體力不支，對嗎？」「聽說人類在清晨三四點是最容易意識不清的時刻，鐵定是要等到那時候。」眾人彼此討論著。

終於，媒體清場，攝影機和記者們全數被請了出去，所有的門通通關上。大廳內的氣氛降至冰點，鐵一般的沉默，連空氣都凍得硬邦邦地，在場眾人的太陽穴霎時緊到不能再緊，只能咬緊牙關，眼睜睜看著鎮暴警察進來大廳，把靜坐抗議的眾人密密包圍起來。

我們手無寸鐵，鎮暴警察身穿被暱稱為「烏龜裝」的黑色盔甲。方盾包圍我們，盾牌就在腦後。正前方的三排穿著螢光背心，那是第一次，我發現螢光黃足以令人目盲。傳說中的鎮暴警察終於出現在我們身畔——渾身黑甲，臉上的線條比身上的裝備還硬，安在腿側的粗黑警棍蓄勢待發。

原先在樓上待命的所有警察都來到一樓。這般的包圍，在法律上稱之為「不符比例原則」，我不太了解法學名詞，只感到至深的荒謬：這個國家正以對付恐怖分子的格局，驅趕一群手中沒有任何可稱為武器的物事的人民。

我的身旁是S，再過去才是N。此時S說話了：「女生不要直接坐在警察旁邊」，自告奮勇換到最旁邊一排去。

我暗自忖度，等一下會開大門嗎？外面有媒體嗎？有多少？要從右邊還是左邊的小門出去？蛇籠已經收起來了。

我與S和身邊的N約定好：「我們不要被拖走，頭部距離地面太近很危險。也不要分散，一起從右邊的門出去。」

可是外面呢？外面還有警察包圍嗎？配置如何？聽說前來聲援的人已經坐滿了行政院廣場，有多少人？出去之後該怎麼辦？

一概不知。

坐著的那幾小時內，我思前想後了許多「要是待會驅離時看到有人被打，該怎麼辦？」的問題。但是等到盾牌和警棍真的在眼前，整個人可以說是空白一片，要說是麻木也不為過，之前以為自己已然考慮多次的細節，反而沒有浮現。

即將驅離之時，發號施令的人要求眾人把手臂勾起來。我左邊是N，右邊是一個不認識的男生。我們尷尬了幾秒鐘，那男生沒有轉頭直視我，而是略微不悅地動了動左臂——我蹙眉，心想「你以為我喜歡勾著你嗎？」但我還是粗著嗓子，裝出一副無所謂的語氣，說了聲「不好意思」，把右手臂勾上去，只是比左邊略鬆。

發號施令的人坐在最前排，他要大家把標語板子蓋在身上。「等一下大門一開，媒體就會開始拍，把訴求舉高！」S身上蓋了一塊用拆掉的礦泉水紙箱寫的「退回服貿，捍衛民主」紙板，他不甘心被視作無理的滋事暴民，即使媒體已經被趕走，至少要讓警察看見我們的訴求。

沒想到他身邊的鎮暴警察一個按耐不住，伸手抽掉板子，S抓起板子往身上蓋，腦袋後方就是盾牌——

我怕極了，鎮暴警察會不會拿盾牌往他身上剁下去？或是敲他的頭？會先從我們這區開始打嗎？……電光石火之間，那時我無論如何都想奮不顧身撲上去，就為了那個謠傳：「聽說警察看到長髮的人會以為是女生，有比較高的機率會愣住，甚至手會停下來」。但我和S之間還隔著N，要怎麼跨過N撲上去？兩側都是一整排鎮暴警察，要是有警察按捺不住，先揮了警棍，那攻擊肯定不會來自我右方，而是左方——

思緒極快極快，好幾個想法在腦袋裡轉了一圈，就那麼幾秒鐘的時間。幸好我害怕的一切都沒有發生，那個和S互搶板子的鎮暴警察，最終也沒有出手。

那個「最終」在我心底迴盪好久好久，但實際上經過的時間也不過是幾秒鐘。接下來發生的事，就是電影了。戰爭電影中的真空狀態，時間被無限延長著，瀰漫在其中的，不可說，也不能說。

黑色。黑色。黑色。包圍。

駭人。撕裂。丟，扯，拉，推。

大叫，尖叫，吼叫。

驅離的時候，門一開，記者媒體開始狂拍，靜坐群眾全體手勾著手往後倒下的姿勢，說實在，被這樣拍，很難堪，但那時已經顧不了那麼多。先是第一排的人被扯開，往兩邊拉走，有些人不甘心就這樣被驅離，與鎮暴警察扭扯起來；有些人看似經驗老道，冷靜地讓自己躺在地上，等待二至三名警察來抬，如此一來就能拖延時間，說不定能讓外面的媒體多拍到幾張國家公權力施暴的照片。

再來是第二、第三排……就要輪到我與S這裡了，我心想：「右手先放開吧？我和右邊的男生又不認識……但是假如他被打怎麼辦？我要怎麼幫？」念頭才出現幾秒鐘，才意識到自己根本白擔心了。那男生手腳利索地被鎮暴警察拖了開去，我也來不及看他是不是安好，一名鎮暴警察就來到我身邊。

「不要坐在這裡！站起來自己走出去！」那人對我吼，我以為自己的右手要被扯掉了。我的手臂和肩膀疼痛，頭痛，腿腳無力，感覺踩不到地，輕飄飄地。

但是在那一刻，我只感覺到那名鎮暴警察拉扯我的手臂，要我站起身，而我在那短短的一瞬間，也只能依靠著那隻黑色的全副武裝的手——剎那間我們彼此相輔，我順著鎮暴警察往上拉的力道，左手一撐，把自己坐了幾小時已然麻木的身體給推起來。

我看也不看那名警察，全副身心裡只有一個念頭：「我們要一起出去。一起安全出去。用走的。」奇蹟的是，鎮暴警察就這樣放開了我，沒再拖拉我的任何一隻手腳，我勾起N，N勾著S，三人跌跌撞撞站了起來——

紅色地毯上，倒臥的許多身軀被拖拉來去，扭動，掙扎。

那是我此生與消亡最最最接近的時刻。

忽然S率先離開N的身邊，在短短的幾秒之間，我以為他要被另一名警察扯開，或者更慘，S要離我們而去——我瞪大眼睛不敢置信——

但S沒有。他幾個小跑步，率先擋在我身前，牽起我的手——這是我們第一次牽手。

我這才意識到他想做什麼。我們三人已經來到門口，右方的行政院大門外，幾名警察正把一個躺在地上的人使勁往外拖，而更遠處，外邊人群擠成一團，從上到下都是肢體，肢體，肢體。

我已經不記得自己是怎麼走到門口的。好不容易看見外邊，卻是不願輕易被驅散的人群堵在門口，推擠，拉扯，而令人驚恐的是，後方還不斷有警察試圖將裡面的人往外推。

往外走不出去，裡面的人卻不斷湧出……

如果行政院是一個人，那麼整棟建築物正在嘔吐。

有人卡在地上的原因，是給身障人士使用的坡道，五公分高的水泥圍住坡道。從門口出來的人都被卡在這個坡道上，而坡道上高起的水泥條卻站了好幾個雙臂交叉的人，沒穿制服，身上僅是普通的衣服，意圖不明。

沒時間管這麼多了，因為我的腳——腳底下全都是腳，橫七豎八的腳和腿，占滿了地上可見的所有空間。我旁邊的N尖叫：「過去！」我大吼：「等一下！」S也吼：「地上有人！」此刻，腦袋裡拚命湧現的念頭是「絕對不能蹲下」、「絕對不能往前倒」、「絕對要撐住」、「幹幹幹後面不要再推人出來了！」

沒空管了，眼前那一整片鎂光燈之海。拚命閃爍的鎂光燈讓我眼睛刺痛，想伸手去擋卻根本做不到，我右手勾著S，左手勾著N，雙腳使勁站穩。卻沒想到S此時卻主動蹲了下來——我震驚無比，往下一看，原來是S試圖把被踩在地上的人拉起來。

地上有人。是個男生。許許多隻腳踩在他身上。

那人被卡在身障坡道與牆壁的轉角處，整個人疼痛到連哀號的聲音都發不出來——S拚了命想把那人拉起來，但那人的腿此刻已經彎曲成一條正常的腿不可能彎曲的角度——

我不敢再多看一眼，只好鬆開兩人牽住的手，讓S身體前傾，去撈起地上那人。但人潮同時還在猛力推擠，我擔心S也會整個人往下倒，右手先是扯住S的T-shirt，沒用，再猛然改成拉住他的後背包，還是不行，後背包也可能被扯掉——最後，我選擇勾住他的左臂。

我放眼望去，眼前站著的一排人之中的確有空隙，此刻恨不得自己身上多長出一兩隻手將他們大力撥開，想讓自己的身體先鑽出去，再把其他人也拽出來。

一瞬之間念頭轉了幾轉，都行不通。在那樣一種危急時刻，即使痛也感覺不到，一週下來每日只睡四五小時的累也無影無蹤。

此生從沒有那麼發自內心地希望，自己此時此刻是一座山，站穩腳步，擋住後方，右手勾住S不讓他全身倒下去，左手勾著N，想著，絕對要咬緊牙關穩住。但眼前那麼多人站著，有的交叉雙臂，有的叉腰，他們究竟是敵是友？難道都是警察嗎？身體此刻呈現出來的姿勢，如果是武俠小說的場景，肯定是處於「胸前和腹部的要害都毫無遮蔽」的狀態，要是誰趁亂摸了幾把，那還真沒辦法防範。

我不自覺把頭低下。也許只能把頭低下。為的就是不想被任何一臺攝影機或相機拍到。此刻雙耳變得特別靈敏，不，應該說在夜半四點的天色之下，疲累已極，只靠眼睛忙不過來。

但是在動亂之中，卻自有一股穩定。這麼多人手勾著手出來，支撐著彼此，不讓任何一個人倒下。

我眼前雙手交叉在胸前的中年大叔忽然發話：「女孩子不要出現在這種地方！」他伸長手臂使勁一拽，把N和我一起往上拉出了坡道。在那樣一個修羅場之中，念頭被迫轉得極快極快，我才剛聽見大叔的聲音出現，一句話都還沒說完，我下意識就知道他想做什麼，穿著運動鞋的雙腳隨著向上的拉力往上一蹬，N和我就從大叔的身旁竄了出去。

廣場上，夜晚的空氣多麼清新。

我從未想過，彷彿重生之後的第一個念頭竟是這個。我們與廣場上靜坐的眾人之間，原來還隔著好幾公尺的距離。方才的黑暗，包圍，無法言說的恐怖，忽然就距離我們遙遠遙遠。

我對N說：「在這裡等我一下」，就慌忙轉身往剛才的坡道跑去——

S還撐著嗎？

會不會已經被踩在地上了？

原先在地上的那些人呢？

那人的腿是不是斷了？

我想大叫S的名字，隨即又煞住——這裡會不會也有記者和攝影機？剛才那些威脅他們要「把你們的臉全部錄下來移送法辦」的警察，還在這裡嗎？可是，不喊名字的話，我要怎麼找到S？

聲音凝凍在喉頭，我往身障坡道的尾端跑去，先是看到擔任糾察的K等在那裡，我自從認識K以來從來沒看過他這麼焦急的模樣，他原先那股玩世不恭的帥氣痞樣早就無影無蹤。但萬幸的是，K的懷中是S——他已經把S給拖出來了，還有方才一起在大廳裡認識的幾個人也一起勾著手出來。

他沒事。

我從失去語言的時空，終於過渡到尋回語言的時空。

K要帶我們所有人去社科院糾察總部休息，於是我們一行六七個人，急急穿過在行政院廣場上靜坐的人群，依稀聽見掌聲——我們都聽見了，我卻覺得自己並不值得，至少我那時並不覺得自己魯莽的行動值得這些掌聲。

占領行政院大廳時外頭的人也靜坐包圍行政院，夜半時臉書上消息滿天飛，據傳後方的北平東路已經數人流血，誰知道往日後的哪個誰，會把這些帳一古腦算在我們頭上？

臉書上看到東吳社會系的張君玫老師也在，她所在的後門，群眾被打得更慘。她說，既然我們批判國家暴力，此刻不如就用身體去體驗到底什麼是國家暴力。

越過馬路的人行道上是醫護站。有人在這裡暫停，K問我們要不要喝水。他遞給S一瓶礦泉水，S一仰頭就開始灌。我望著眼前那箱礦泉水，忽然升起一股衝動，想扭開一罐往自己頭上澆下去，看能否冷靜一點——但是，這樣不就剛好在醫護站的人員面前暴露出自己方才經歷了什麼？否則哪來這樣激動的人？這裡有警察在監控嗎？想到這裡，我便不敢伸手拿箱子裡的礦泉水，只是伸手進後背包裡撈出自己的水瓶，悄悄抿了一口水。

此時S猛然把後背包往地上用力一摜，大喊了出來。聲音劃破夜空，醫護站的人們也嚇了一跳。S開始痛哭。

我沒有聲音。我喊不出來，只是走向S，站在他身邊，忍住擁抱他的衝動，有點遲疑地抬起手，輕輕拍了拍他的背。

K在旁邊望著我們，沒有說話。等S平復一些之後，K帶領我們穿過暗夜的街道，途經喜來登飯店，眾人忽然見到一臺漆黑的龐然巨物駛過——傳聞中的鎮暴水車，就這麼開了過去。

不要。

不要水車。

不要。

那時手腳都沒了力氣，無法再折回去看情況如何。執意要代替被操控的媒體見證國家暴力的我們此時力氣全無，就算想大吼叫停，叫全世界都停下來，可是喉嚨依然沒有聲音，只好拿全部的力氣來痛恨自己的軟弱。

已經不記得自己是怎麼走進徐州路上的社科院。一行五六個人蹲坐在某棟建築物的臺階上休息，漆黑的臺階角落彷彿有種神祕的吸引力，召喚著我們前去，釋放出安歇的信號。K在階梯旁站著抽菸，S坐在我身旁，N與好友在圍牆外說著悄悄話。

忽然我接到一通電話，是曾經一起跳舞的夥伴打來的，哽咽著問我人在哪裡，安全與否。我已經沒有力氣再說話了，卻還是硬擠出幾口氣回答，說自己已經平安離開靜坐地點了。夥伴卻哭著說，他聽說有人死了。

很深很深的黑夜裡，原來還有更深更深的地方在等待，在張牙舞爪。

大學的歷史系課堂上，這座島嶼羅織冤錯假案的劣跡在我腦中如電般閃過。我草草安慰了話筒那頭的夥伴，掛上電話，立即詢問身旁的友人們：這個消息是否正確？他們是否也在社群媒體上看到這則消息？

無人答話。我痛苦地彎下腰，雙手抱膝。

忽然，我感覺到身邊的S遲疑了一會，右手輕輕落在我肩上。

彷彿來自無窮遠處的夢寐以求的一隻手，淡淡的體溫隔著皮膚傳來，像一幅水墨勾勒的工筆畫。

我不敢再想。此刻容不得我們多想。

天亮了，日光照在我們身上，一行人才發覺彼此皆毫髮無傷。然而，我心底深處相信的，卻是毫髮無傷在當時，當場，是一種彌天大罪。理性知道自己參與的是社會運動，爭取的是公民應有的權利，心底卻深深地相信自己做錯事了，自此之後必須帶著罪的意識活著。

藏起來，壓進去，往心底壓進去，才能繼續活。

捷運也差不多要開始行駛了，一行人拖著沉重的腳步走到臺大醫院站，白晝令我們沉默，搭上清晨駛來的第一班車。近乎無人的車廂裡，我們看起來就像再普通不過的學生。

騎腳踏車回宿舍的路上，我第一次明白什麼是「恍如隔世」。晨光灑在肩上，微風拂過面頰，慢跑的人經過我，打太極的阿公阿媽也經過我，一定是走錯了方向，否則怎麼眾人都一副寧靜平和的模樣?原先的粉狀陽光粒子聚成一道道欄杆，隔開我與塑膠般虛假的現實。

那瞬間，我幾乎以為自己聞到了帶有金屬味的血腥味。

已經不記得，搖搖晃晃的自己是怎麼回到宿舍的。一個人的房間，我強烈地感到自己和幾小時前的自己已經是截然不同的人了。雖然我只想一頭栽到床上，但還是得先洗澡——要洗去什麼，自己也說不清楚，只是發飆似地褪去全身衣物，把布料甩到地上，再摔進洗衣籃裡，忍住大罵髒話的衝動，因為那時還是清晨，其他房間的人肯定還睡著。

我衝進浴室，轉開蓮蓬頭，發瘋似地用細細的水柱對著頭臉猛沖，無法冷靜的話，那就往眼睛沖。彷彿這樣才能消解剛才的眼見耳聞。沖得去與沖不去的，混合在雨裡，透過排水口，穿越長長的水管，流進下水道，流進大地。

好不容易吹乾頭髮，每次都要仔細吹整三十分鐘以上的長髮。吹整完畢後我本想休息，眼角餘光瞄到桌上的筆電，又開始擔心起今天的新聞：到底，剛才發生的事情會被報導成什麼樣子？

才打開臉書，就看見某一任男友傳來訊息：「你要小心！很多學生都是被操控收買的，你以為自己有多聰明？你可以支持，但絕不要去參與，警察是來真的！」

原先疲憊的眼皮一下子驚跳起來，什麼跟什麼？也太羞辱人了吧！可是轉念一想，前男友的父親是外省人，世世代代經商，會這麼說也不奇怪。我只好耐著性子（這輩子早已不知道耐著性子解釋過自己多少次了），深呼吸幾口氣，才有精神望著電腦螢幕打字：「我沒有被任何政黨操弄，我很清楚地知道自己在做什麼。希望你可以花點時間了解一下這次事件，至少看看網路上的懶人包吧。」

然後我闔上筆電，回到床上，昏睡過去。

幾個小時後我就驚醒過來，再也睡不回去。電腦都還沒開，大腦就自動和網路連線，除了事件相關的資訊之外讀不下任何其他。二十出頭的年紀，做什麼都是急匆匆地，一樣跳下床衝到電腦前，才剛打開臉書就看到前男友的回覆：「拜託，我是好意關心你！昨天晚上我當護理師的同學說急診室會接到大批傷患，本來不想管你的，後來看到你在臉書 po 文才想還是告訴你好了，沒想到！你好自為之。」

我望著這段文字，心裡扭著，絞著，想說些什麼，最後覺得還是算了，就已讀吧。

我和一起逃出來的幾個人，都沒有流血，甚至沒有被噴溼。於倉皇的夜色裡逃離，我心中必須想像自己被水車裡惡臭難當的水全身噴個透徹，彷彿只有這樣才足以彌補內心的罪惡感，才能感覺自己並不那麼狡猾。

後來，縱使我在新聞上看見「抗議學生闖進行政院大肆破壞，包含門窗和桌椅、掠奪財物、搗毀辦公室……」的造謠新聞的時候，心裡除了鐵一般的怨怒與不甘心，還有那麼一絲的哀戚。

要等到很久很久以後，我才忽然意會過來——多年前站在身障坡道上的那些大叔，很有可能不是警察，而是某些民主社運的先行者。在那樣的動亂之中試圖尋找幾個還算冷靜的人，率先把人給拉出去，避免踩踏出現死傷。

那個救我的人，我當時倉皇到連一聲謝謝都來不及道。

不知道為什麼，三二四那天凌晨，在那很遙遠很遙遠的夜空之上，縱使下方生靈塗炭，但是當我抬頭望向夜空時，卻並不覺得那裡有任何一絲殘暴或血腥氣。甚至，也並不是什麼都沒有——

我最怕的，就是到頭來一點意義也沒有。

我和一起從圍城裡逃出來的人們，把這則故事講給許許多多的人聽，一遍又一遍，一遍又一遍，直到這成為所有人的故事為止。

當人們在某個說故事的時間點上交會之時，就足以讓每一個我和他者之間的界線消弭，讓「我」成為堅決不退的「我們」。

三二四之後

回想起那天的貿然行動，其實有個滿實際的原因。因為我週四才做完班雅明的報告，所以週二眾人進議場時，我想的是「必須把報告做完再說」、「幹幹幹為什麼不等我報告結束再進去」……，可想而知是不可能的事，歷史不會等人準備好才發生。可當時我只有二十五歲，就是有這種實際到荒謬的可笑想法在腦海中翻來覆去。

週二的課是臺灣文學史，那天H老師提早一小時結束講課，因為C老師想和我們說說話。我雖然驚訝，但隨即一想，如今發生什麼事我都不會意外了。政府都派出鎮暴警察鎮壓沒有武器的群眾了，還有什麼不可能的。

C老師坐在教室大圓桌的主位，還買了蛋糕和手搖杯飲料，羅列在褐色的長桌上。臺式蛋糕，小時候很懷念的黑森林巧克力口味，上面點綴著櫻桃，是我幼時慶生時著迷不已的味道。

C老師說了什麼，我已經忘記了，只記得是在寬慰同學，因為三二四那天凌晨實在是……筆墨難以形容的恐怖。他說的話之中，最為嚴重的是這一句：「……對抗邪惡的中國人。」

教室裡的眾人都驚呆了吧？我那時腦中冒出來的念頭是：天啊，教室裡面有中國學生耶！但我不敢說出口。有個來自北京的女孩，飄洋過海來念我們臺灣文學所，還有位大我一屆的學長，但我不知道他人是否在教室裡，那氣氛不允許誰東張西望。同學們都不敢直接看那女孩臉上的表情。

一直沒人吃蛋糕，老師叫某個人切了，但沒人伸手去拿。我本來不想吃的，因為奶製品寒涼，青春期之後也知道保持身材是女性的首要之務，因此長久以來我一直告訴自己，吃蛋糕的 quota 有限，要吃的話，就只能吃最喜歡的法式甜點，或者德式磅蛋糕。況且，我和大學同學 E K 約了晚餐。

然而當時的氣氛實在太尷尬了，而我確實需要一點甜食來鬆緩神經，所以我便在眾人的注視之下，率先伸長手拿了一塊。切蛋糕的同學切得很大，蛋糕放在紙盤子上，拖過桌面的感覺沉甸甸的。

吃了幾口，感覺很不舒服，開始反胃，塑膠叉子扎著嘴唇，很是刺心。我把鮮奶油從蛋糕上刮掉一些，刮在紙盤子上，隨即又想到C老師或許正在看著低頭吃蛋糕的我，因為除了我之外，至今依然沒有人去拿蛋糕……所以，我後來也懶得刮鮮奶油了，嘴裡嘗到什麼味道似乎都無所謂了，整塊吃光，只想盡速結束這一切。

終於熬到下課，也沒什麼人拿老師請的飲料，S自告奮勇，說要帶回去給室友們喝。我們習慣一起走，那袋飲料就放在我的腳踏車籃子裡。下課了，同學們似乎還是有很多話想說，距離我和EK約的時間還沒到，便和打算一起吃晚餐的同學們，一邊聊天一邊走到一一八巷，但不進店裡。S要直接把飲料帶回租屋處，飲料離開冰箱太久，他擔心，所以他也沒跟大家一起吃。

我們揮別同學，一起從後門穿過校園走回前門，路上我感覺他似乎哪裡怪怪的，彷彿是有話想說卻說不出口。但我實在太疲倦，三一八學運爆發以來，我的睡眠時間極少，再加上剛才老師說的那一席話……或許兩人都還在消化這一切，只是安靜地走著。

沒想到當我們走過小椰林道，走到接近小福的那條路上，他忽然問我：「要不要試著交往看看？」向晚的風拂過臉頰，樹影搖曳，學生們或者走路，或者騎腳踏車經過我們身旁，時間彷彿靜止一般。

我答應之後，他帶點尷尬地把右手搭在我的肩膀上。

走到校門口，我還是得去和ＥＫ吃飯，臨時爽約不是我對待朋友的方式。他在校門口把我車籃內的飲料提出來，沒想到飲料已經漏在袋子裡，他只好蹲在花圃邊，把漏出來的飲料倒進草地去。

晚餐約在校門口的「小飯廳」，我靦腆地告訴ＥＫ自己剛脫單的事，他用平時一慣淡漠的臉，極盡所能地做出了驚訝的表情：「那你怎麼還在這裡跟我吃飯！」

「我想說都跟你約好了，臨時放鴿子也不好。」

「那他可以一起來吃！」

「他說要帶飲料回去冰。」

「……好奇怪的人。」

我吃了蛋糕之後脹氣不已，晚餐吃不下，只喝了一碗蛤蜊湯。和ＥＫ聊了許多言不及義的事。

翻譯

學運開始後的某天，班上同學P問我有沒有辦法一起英翻法，那時自然是無論如何都要說有空。應該說連思考「有沒有空」都是一種奢侈，咬著牙都要從床上爬起來，把身體拖到書桌前。

每天晚上從立法院離開後回宿舍，只睡不到兩小時，半夜依然跳起來翻譯這場運動的新聞。知道自己正在心律不整，可是沒空管。我們用google文件協力翻譯，總共四個人，有我、P和L，隔著整塊歐亞大陸，另一端的還有位人在法國的臺灣留學生。

我們三人先從英文翻譯成一般的法文——畢竟我的法文也只學了兩年，還在粗淺的程度——而海外那人則用風一般的速度修改成通順的新聞法語。

夜半頭昏腦脹，卻見識到科技與人文學科共舞的姿態。如同布芮尼．布朗在Netflix的演講上所說的「神穿著整套華服降臨」的瞬間。那時，可說是「神降臨在我們四人的電腦上空」吧。自覺力小勢衰的我們，究竟能再為這場運動做些什麼也不知道，幾人心懷著「要把事情傳出去」的信念，就只是靠著那麼一丁點的所學，在夜半共築一篇又一篇的法語新聞。

街頭副刊

這期間還做了些零零碎碎的事，像是我拉著S去參加社運團體召集的會議，前臺大學生會長戴瑋姍也在。有人倒給我可樂，喝了半杯後卻開始胃痛。

後來有新聞所的朋友牽線，讓我們匿名受訪。但我發現自己在敘述那些事件時會出現難以專心、頭暈、漂浮感等症狀，當時還不知道那就是恐慌症與焦慮症的前兆。

三二四之後我們都想多做點什麼，S所屬的輕痰讀書會發起了小報。他們常態性的刊物是《ㄩ》，那麼小報的名字理所當然地就是《ㄇ》。他們向關心這場學運的作家們徵集作品，無論是詩、小說、散文都可以，很快地便收到了許多作品。

S向我借了InDesign的軟體（我則是在幫《秘密讀者》排版時學會這個軟體的），

我約略教了他一點，他很快便上手了，迅速排版好之後，拿去立法院旁邊的影印店，印了一百份左右。我們問了幾個有空的同學和朋友，派報的第一天有Y、W和幾個學妹，他們彼此互不相識，但是為了三二四都來了。

我們在立法院旁髒髒的影印小店等待印刷完畢，店旁邊也是髒髒的臺式早餐店。印刷好之後，一群人走到善導寺站旁邊的麥當勞一樓，入口處的大桌子上，開啟了一條生產線。小報總共兩大張全開，S特地排版成不需要刀片割開的樣子，只需要摺好，疊起來，便能成為一份上下左右皆能對齊的小刊物，煞費苦心。

有人負責對折，有人負責把兩張夾在一起。摺完的小報在我們的大桌上越堆越高，一樓瀰漫著炸薯條與牛肉堡的氣味，川流不息的人潮從我們身旁走過，在櫃檯前排隊點餐，有人好奇地望著埋首工作的我們。

全都摺完之後，再塞回剛才影印店提供的塑膠袋裡。一行人穿過熟悉的馬路（才一週就對立法院周遭的馬路熟到不能再熟了），走到眾人靜坐的地方。但是拿出小報之後，我們卻開始遲疑——然後呢？要怎麼發送？沒人派過報紙，送報僮的存在彷彿已是上古遺事。

此時溫文儒雅的W率先向人群走去，「有人需要文學嗎？」他忽然開口，開天闢地般的一句話，聲音穿破空氣，擘開濟南路的雲層，直上天去。我們像是收到了什麼啟示，紛紛拿起小報，異口同聲地喊：「有人需要文學嗎？」「有人需要文學嗎？」三二四之後，散落的靜坐人群變多了，但還是很少。有人舉起手，我們繞開地上的睡袋和紙箱走過去，看見他們兩三人共讀一份《街頭副刊》，米白色的小報在街頭傳閱，我一輩子忘不了那麼美的景象。

對我而言，那正是文學之神「在場」的時刻。

四一一

昨日是太陽花退場的畢業典禮，我與一票朋友都沒去，我不習慣這種尷尬的場合。但是很擔心仍在立法院另一側靜坐的公投盟，幾乎全是阿公阿媽，阿姨阿伯，夜半還是和S一起去了，待到凌晨三點多，見警察應是不會來了，才跨上機車回租屋處，累極。

結果公投盟幾小時後就被驅離了。

隔日，眾人太氣了，氣到包圍中正一分局。

我本來沒打算去，和L一起去看電影，穿了長裙。但電影結束後S傳來訊息，得知大夥要去包圍中正一分局，剛好就在西門町的電影院附近，我雖然累，但還是去了，打算看看情況。

記得學姐說過：「我抗爭時都穿短裙，這樣能讓自己和警察有斡旋的時間，他們會不敢抬你。可以趁他們找女警來抬你的時候跑走。如果真的被抬了，露出內褲時會搏到版面，一舉數得！缺點是容易受傷，還有穿迷你裙爬牆時不太方便。學妹你可以參考看看。」

我想起去年，八一八占領內政部那天的報紙版面，就是一雙大長腿。曾經和我一起跳舞的女生翻進了內政部鐵門，身材將近一百七十公分的她擁有一雙傲人長腿，她大剌剌穿著短褲，就這樣不畏懼底下的許許多多顆鏡頭，翻進內政部。

我從未想過，自己從小被教育要花一輩子去藏起大腿和屁股的脂肪，此時此刻，這些性徵卻是保護他人的利器。我們幾個女生開玩笑說：還好我們體脂肪滿高的，如果被打應該也不會太痛。這就是我們不減肥的目的。

想起學姐這段話，我就是穿著長裙去席地而坐也沒什麼。到了現場和S與K碰面，想著「不然趁這個機會找地方坐著好了」，就坐下來讀研究所老師指定的閱讀資料。

沒想到才剛坐下，記者就過來了。麥克風猛地遞過來，記者問道：「你們坐在這邊是為什麼？有什麼動機嗎？」我們只好立刻收拾東西，起身走人。

那時對於電視媒體的抗拒很強，媒體的招數是什麼，多少了解了，也習慣了如何在這種場合活動，以免落人話柄。

像是在立法院靜坐期間我曾看過記者刻意製造畫面，記者奮力搖晃垃圾桶直到垃圾桶倒地，一旁是攝影師在拍攝。那陣子打開新聞，某幾臺刻意報導「警察過勞、治安不好，都是學生害的」，氣到關掉電視，不想再看。

我和S為了要待在馬路上站著，還是先找個隱蔽的地方休息，起了點爭執。我後來為了補充體力，去摩斯漢堡買了點東西來吃。臺大醫院站出口旁的摩斯漢堡，一出店門口就看見警察集結，那是種難以描述的恐懼感，小時候玩《世紀帝國》裡看見的兵隊陣型成真了。

我身旁有四五個人，有男有女，都拿出手機在拍。總覺得手機鏡頭是少數在當下可以保護自己和別人的物事。現在的書寫已是十年之後的回憶敘事，但當時腦中浮現的只有「幹幹幹幹幹幹」還有「怎麼辦怎麼辦怎麼辦」，兩種話語輪番上陣，回想起來，那時我已經出現恐慌暈眩等輕微症狀了。

彷彿為了彌補什麼，三一八開始之後，我與同輩屢屢在街頭巧遇，「乾脆來這裡開同學會」，他們笑著說。拜託不要，我想，這輩子我還沒懷著這麼沉重的心情參加同學會過。冷漠是罪，忽視是罪，我像是要償還過往所有的罪一般將自己攤平在水泥地上，任由麥克風裡激憤的聲浪打溼每一個毛細孔。

這天也是到了半夜才回宿舍，回去換衣服時才發現長裙破了。藍色與紫色相間的碎花長裙，拼布相接的地方破了好大一個洞。

我沒有拿去請水源市場的修改阿姨縫補，就只是小心翼翼把裙子放回衣櫃。

四二八

那天凌晨，S載著我抵達忠孝西路與K會合時已經午夜，出乎我意料的是這裡一點也不亂，秩序井然，有人塗鴉，有人指揮物資調動，更多的人邊小跑步邊呼喊某處需要人手。柏油路面上殘留好幾處固定拒馬用的六角自攻螺絲，我差點被孔洞中伸出的鐵索劃傷小腿。

有人正用電鑽扭開螺絲，可惜速度不快，不遠處有人將空寶特瓶套住鐵索再踩扁，這樣醒目多了，假如撞到也不會受傷。

自從四一一結束後我休息了十幾天，又來了這一場。剛到的時候，忠孝西路沒多少人，但我在路旁看到路中央安全島處有好幾人扭打在一起，爭執中我看見裡頭居然有B學長！他身材高大黝黑，濃眉大眼，兩三個警察和他拉拉扯扯，大聲質問他：「你要幹麼！你要幹麼！」

B學長只好大聲回應道：「我沒有要幹麼！我沒有！」

眼看幾個警察就要把B學長按到地上去了，我忽然膽子大了起來，用聲音裝作若無其事的模樣，用帶點三八的嗓音喊過去：「學長！學——長！我們在這裡！我們有約啊，你忘記了嗎？學長——！」

也許是因為我陰柔的聲音在一片撕扯中太突兀了，漸漸地，他們冷靜了下來，幾名警察悻悻然放掉B學長，讓他回到我們這一頭。

走近地下道入口時人潮漸多，這裡平時只准車輛進入，如今我竟看見一小群人從底下走上來，其中一人抱著吉他朝我們喊：「快來啊！」

K率先翻過路障，S問我去不去？若不去，安全帽就留給我拿，他要跟上。我不想落單，於是跟著他們走進地下道。吉他聲迴盪在地下道裡，我們席地而坐，拍手擺身，那是我第一次聽〈勞動者戰歌〉：

全國的勞動者啊，勇敢地站出來——
為了明天的勝利，不怕任何犧牲
反剝削、爭平等，我的同志們……

唱完了，回到大馬路上，直到躺在人行道上休息時，我腦海中還迴盪著粗獷的歌詞，重拍如拳，記記擊在心口。

據消息說水砲車已經出動，有人爬到路燈上看水砲車距離還有多遠，那模樣像極了船上的水手爬上最高的桅杆，探看前方是否有風暴與敵船。

親臨運動現場總是令我心悸。或許是太緊張的緣故，親眼見到鎮暴水車時心跳反而沒那麼快，只覺得它比想像中還小一點。只要水砲口一轉向我們，我就拉著S往後跑，才不管他正高舉相機錄影。也許這樣很自私，但是在目睹水砲猛往手持攝影機的人噴之後，我就管不了那麼多了。

路面清場後我和S回到人行道邊，拿出手機確認時間才發現一片混亂中漏接好幾通K的電話。我回撥，電話那一端很吵，K的聲音聽起來遙遠而零落，他忙著找我，但我急著跑遍所有高處，卻看不見他指示的地點。

我問K：「你在哪？我看不到你，不然你來 M5 出口對面找我們……你看不見？你的眼鏡丟了？那、那你總該記得郭雪芙在哪裡吧？看不見就問路人，我在郭雪芙底下等你……」

我指的是站前新光三越旁那幅好幾層樓高的廣告，藝人郭雪芙高懸空中，露出一口閃亮白牙。我從警察包圍的邊緣繞回去時，終於見到了K，一身狼狽的他看到我鬆了口氣，接著開罵：「幹我的眼鏡被噴掉了背包也被扯開了，幹你娘我的日文課本不見了……」

「你帶日文課本來抗爭現場？」我翻白眼。

「背單字啊，過兩天要考。」他一臉理所當然。

我緊抓著他的手臂回去找S。K的眼鏡被噴飛了，暫時看不見，就由我充當他的眼睛。好不容易和S三人聚首，我們坐在人行道上休息，當我裹著不遠處發放的毛毯聽他們相互報告戰況時，我忍不住笑了。

夜依然漫長，但我異常安心。或許，在明白民主自由公平正義等價值有多可貴之前，一部分的我是為了他們才來的。我雖然害怕，卻不怕承認這麼小鼻子小眼睛的理由。

後來滑手機，聽說小說家ㄕ和ㄌ都在前面，兩人都被水柱噴得慘兮兮，但還是要守住前線。

他們不退，我們就在。

躺在柏油路面上的感覺，不是以天為蓋地為廬，而是害怕未來一無所有，所以豁出去了的那種自由。

人行道上，面對著一整排的警察，我們身旁另一名小說家Y開口了：「警察先生你們好，我是××大學○○系的某某某，我們不是暴民，我們來到這裡，是為了……」整排警察沒有一人說話，也沒有一人看向他。當時社會瀰漫濃厚的功利主義氛圍，奮不顧身的，不是瘋子就是傻子，或者兩者都是。

我們討論，今天要撐到幾點？

「最好撐到早上，能撐到上班時間更好，就是要讓大眾看見。」

『但是今天人真的很少。』

眾人議論紛紛。

我聽得出來，其實水車上的人，他的聲音裡也帶著無奈。但那不是我們該棄守的理由。

「各位好朋友們——請離開這裡——」警察局長用擴音器喊。

『誰跟你好朋友！』

『幹！誰跟你好朋友！』

我們三人卻只有兩副眼鏡，因而說好了S和K輪流戴S的眼鏡，而視線無礙的我用兩隻手臂一手勾住一個人，我背對著水車前進，他們面向水車後退，這樣我們三人既能看清楚水車動向，又不至於分散，擔心沒戴眼鏡的那人跌倒。

清晨，經歷將近五十次的水車攻勢後，我們棄守忠孝西路，與警方在中正南路對峙一個多小時。緩步退後時我一手拉著神情緊繃的S，一手勾著時不時就要往水車衝過去的K，對視線模糊的他說了幾十次「拜託你不要離開我」，語氣從叮嚀到哀求。

「天啊，我竟然會說出這種偶像劇對白，真不敢相信。」事後我笑著向不在場的人解釋，因為我想用自己的方式保護他們。

然而，心裡還有更深一層的什麼——我說不出口，只好用笑來掩飾。我該如何向不關心這一切的人說明「我怕死了但我還是去了」的原因？民主自由、公平正義、公民社會？每當有機會向人解釋這些高來高去的議題時，我總是臨陣脫逃，以免令自己顯得自視甚高。「讀臺大了不起嗎？看不起我們啊？」我怕極了這類嗆我的回應，寧可不說，因為我最不擅長的就是回嘴。他們也不等我開口，或者只要開口就高下立判，那麼不談也罷，情誼顏面兩相保全，即使這樣的尊重只是戴著面具的冷漠。

口拙如我毫無辯論之才，只有一枝緩慢的筆。

早上七點多，天已大亮，我們在中正南路人行道上集結——這是最後一波了嗎？警察已經集結完畢，我們面對的，是一整排警盾。

我忽然就被擠到最旁邊去，與警方對峙往後退的時候，我人在最右邊，所以被行道樹和樹下方的矮樹叢卡住，眼看就要撞上，我硬是用右肩擠了過去，被拉傷的右肩膀更痛了。警察八成也怕我跌倒，但我們這邊更害怕因此出現突破口，因為中間的警察似乎擔綱的是指揮該隊的角色，那股一心向前的氣勢，令人不自覺嚇得後退。

我睡眠不足，肩膀痛到呲牙裂嘴，但表情又不能讓警察看出來我這邊是個絕佳的突破口，臉上忍著，手上勾著不認識的抗爭者（我到底為什麼會被擠到第一排？那時S被人群擠到第二排去），我的腳步已經有點軟了，我左手邊靠近中央的一個陌生男生忽然對我吼：「退慢一點！」

我很想瞪他，很想回罵，但眼前是手持盾牌的警察，而且我左邊勾住的女生也很緊張，我不希望她的兩邊耳朵變成我們之間爭吵的橋梁，就忍著沒說。那時也沒力氣生氣，面對警察，不要退得太快比較重要。

整夜沒睡，我已經累到腳軟，只是緩慢退後，退後，再退後，一步步退，小心翼翼地退，咬緊牙關地退，退無可退那樣地退——

只盼望能撐到早上八點的交通尖峰時刻，讓更多臺北市民看見——而不是透過惡意的主流媒體攝影鏡頭讓千千萬萬人看見。

最後七點多就被逼到中正南路口，結束了本次占領。

被水砲車噴完的朋友陸續集合，小說家ㄌ對我說他的手腕扭到了，我已經累到失魂恍神，ㄌ見我沒反應，又對我說了一次：「我的手腕扭到了！」

另一名小說家ㄕ提著褲頭，說是在混亂中被噴掉的。

看著從前線回來的他們，我知道自己不夠勇敢。我沒有被噴溼，只有肩膀和背部拉傷。後來去推拿整骨的時候，直覺告訴我這位資深推拿師父是外省人——也許是他的姓氏吧。所以我不敢說自己為何受傷，只說無法事先預約，但需要臨時「急救」一下我的右肩。

有人把這次行動戲稱為「仰寧水上樂園」，也有人百無聊賴地說「切割瓦拉，收割瓦拉」。

S說總有一天他要將所有笑話收集起來，出版三一八笑話集。

這太 inside joke 了，不知道有誰會買。

對話

抗爭結束後沒多久，K找我們去採訪國道收費員，抗議交通部。芒種剛過，燥晴而風烈的日子。我們與收費員一塊待在交通部前的帆布棚子下，旁邊阿姨端來一盤切丁芒果，我們連聲道謝。

面前一列女子擁有美麗的褐色皮膚，笑起來比芒果還甜。接連抗爭的日子疲憊不堪，不過對長時間站在公路中央收票的她們而言，不必忍受風沙塵煙，以及「衝車」造成的職業傷害，這樣的環境已經算不錯了。

「綽號也可以喔？那……叫我小程啦！」小程綁一束鬆散馬尾，十足大姐模樣。「欸你們也快來自我介紹一下！」她們是龍潭站的收費員，即使清晨五點才「路過」交通部長葉匡時家，直到快中午才回來休息，她們依然充滿活力地談天笑鬧著。

我問她，有沒有去遠通應徵的經驗？小程說沒有。自己畢業自遠通企業旗下的學校，在學時就有建教合作，到愛買打工，薪水一萬多。

名叫茉莉的女子說起自己到遠通應徵的經驗，嘆氣聲連連。第一次應徵失敗，「我要桃園新莊板橋，遠傳或遠通電信的門市，符合我條件的有四十九個缺，但都離住家太遠。」家住桃園龜山，最後卻叫她去花蓮的愛買。第二次應徵，她投了八個履歷，會計、營造……雖然地點都在板橋，後來的回音卻是：「你要的職缺剛好都關了！」

茉莉第三次應徵在后里彰化，遠通電收寄給她的掛號信都叫她去南部，說可以帶她租到便宜的房子，但沒有租屋津貼、補助。茉莉說，我不要南部的職缺，對方卻仍一直推託。「我的服務員都不打電話給我，而我南部同事的服務員都一直打、問他們要不要媒合。反而是我們站長每天都打電話給我，但因為根本沒有好的職缺，到後來乾脆不接電話了。」結果茉莉被貼上「沒工作意願，不願意配合媒合」的標籤。

茉莉在彰化的朋友小歐是少數媒合成功的例子，從泰山收費站轉職到后里的某個服務區，是遠通電通門市的兩個服務人員之一，通勤有接駁車，車程只要五分鐘。

一旁的小魚擁有一雙明亮的大眼睛，她細聲細氣地補充：「我也不想去遠通工作。我的朋友還被叫去愛買，說『你適合殺魚』……我們高職畢業，他們卻要我們做那種工作。」

小程也說：「雖然開很多職缺，但不是工作太遠，就是學歷門檻太高，要大學或碩士畢業，說我們不適任。還有的職缺明明空了很久，我應徵了卻不給我工作，寧願給其他人，不給收費員，不是故意排擠嗎？」遠通保障三萬薪資，和其他人領的兩萬多相比明顯較高，有人工作後便出現了「我主管領的薪水比我少」的情形，所以被其他同事排擠。

小程總結道：「不給我工作就給我錢嘛。我們這群人工作十幾年，都沒有年資金，結果和工作兩年領的一樣。」起初他們也不願意抗爭，是被逼著來的，因為逐漸喪失找工作的信心。

是什麼逼他們夜宿交通部前數日，是什麼逼他們睡在只鋪著塑膠巧拼的木板上，只要一臺卡車開過就晃得彷彿三級地震。是什麼逼長年收費下來皆罹患脊椎側彎的他們唱著改編自〈雨夜花〉的〈日歹過〉：「日歹過，日歹過，政府害阮無空缺。無情政府，將阮出賣，今後日子安怎過……」

塑膠棚子劈里啪啦響，答案在烈烈的風裡。

訪問完畢後我回到公館夜市，裡頭有個攤位，賣的是日系的可愛衣服。因為我常去，便和攤主成了朋友。她聽聞我才在抗爭時扯破了裙子，現在居然又幫著收費員去抗議交通部長，有點氣憤地問我：「你們這樣抗議，有沒有想過交通部長只有一個人，他不可能管到所有的事情？」

我一下子說不出話。

該溝通的事情太多了，我忽然不知從何說起。

她繼續說：「我知道政府有做不好的地方，可是，反正我也只能再活幾十年。自己過得開心最重要啊。」

趁著她轉身面對下一組客人的時候，我默默離開她的攤位，再也沒有靠近過一步。

創傷

S問我：「對這件事你沒有榮耀感嗎？至少我充滿了榮耀感。」

我說，我害怕享受這份榮耀會讓我身陷囹圄。「一定是想太多了」，他安慰我，「你也把自己想得太重要了。」我想他說的對，自三一八之後的十年，我恐慌症和焦慮症纏身，活得杯弓蛇影，草木皆兵。尤其是在看過香港抗爭的慘況後，諸多症狀更嚴重了。

起先我是不敢寫的，想到朋友的父親，去中國探親時就被帶走，過了好幾個月才被放回來。她們家簡直瘋掉了，她還前往美國求救，在華府前的廣場演講。

但不得不說，看過香港的抗爭事件過後，會感覺三一八和三二四等日子，警方都不算太激烈。我書寫的當下是二〇二四年，過往的十年像是一場錯亂的碎片，我必須用書寫把記憶和自我拼湊回來。

我害怕，連字眼都害怕。破門而入，警察，黑夜，街道，占領，盾牌……就連那些日常的詞彙都能挑起我敏感的神經。噴水，水車，人群，手勾手，行道樹，人行道，黑色。

走在馬路上時，我感覺自己像是一顆頭飄浮在路旁，身體是不存在的。應該說，身體的感知力存在：當有人觸碰我、撫摸我，我的身體界線自然會浮現該有的、正常的反應，但除此之外，我的身體只是承載著頭部而已，遊蕩般地活著。

是到後來讀了《沉默的一百種模樣》才了悟到，我的症狀就和作者海莉葉．蕭克羅斯描述過的一樣：「創傷干擾時間觀，所以過去的事件會以閃回、噩夢和恐慌的方式侵入現在。」

所以是創傷了。或者用那幾年流行的話來說，是「運動傷害」。我夜夜難以成眠，服用安眠的藥物，恐慌，焦慮等等，皆是運動傷害的一部分。

治療許久的失眠一直不好，發現自己有個模式：「如果今天睡得好，隔天就睡不好。但再隔天就能睡了。」睡不著時滑手機，看到有位動物溝通師，在溝通時寫下的詩句：「去一個睡著和睡不著中間的地方」，感覺就是我，長久以來的我，始終都待在一個「睡著與睡不著中間的地方」。

許許多多個不眠之夜，熬到看見天光的日子。想起自己曾經下過很大的決心：沒辦法每天去立法院現場的話，就一天去，一天不去，睡不好就在宿舍睡，醒著的時間都在焦慮地刷臉書，就怕錯過任何一丁點清場的風聲。睡得好，就去現場走走，補充人數。

對我而言，要回答「三一八時我為什麼在那裡」是需要透過書寫來達致的。必須面對自己「在場」的記憶，於是有了這份手記。文字和感受像浪潮一樣流經我，非寫不可。疼痛在折磨，在提醒，在咬嚙，那些我心懷的，解無可解的問題——

握有權力的人在想什麼？場內的人在想什麼？我們場外的人又能做什麼？

我大可以像其他人一樣，在鍵盤面前打打字，發一發不平之鳴，寫幾首哀歌就好。為何，要整個人投進去，付出這許多代價？

回歸現實生活後，與抗爭那一個多月的日子有著極大的落差，社會大眾無人聞問，無人關心，或說我身邊的人大多不在意，少數對我露出輕蔑的神情，在社運領袖獲得政治地位之後嘲弄我，說：「你看吧？」

我感覺到自己必須寫下來。用書寫辯駁，用書寫頂住遺忘，因為眾人擅忘，忘記自己正在享受的，如空氣般的民主自由從何而來。

或者說，寫作是一股流，經過我，沖刷我，指尖流洩出文字，就像音樂家的指尖流出音符，淌出最精靈的泉水。

我寫完就可以「忘記」了——不是真的忘卻所有細節，而是讓這些訊息化為文字的形式，去到這股精神想去的地方，而我才能卸下精神的重擔。我渴望用一枝筆記錄這個時代的喧囂與沉默，瘋狂與靜謐。記錄每一個人的掙扎、徬徨、矛盾與思索，紀錄所有的，神與魔的瞬間。

如果沒有這麼深刻的無能為力感，我不會去尋找我是誰，我為什麼在這裡。

所以，我為什麼要去？

前幾天和S提到，我們為什麼要冒著極大的危險去抗爭？

「我幾乎每次都跟著你一起去！」我說。

他開玩笑地對我說：「不要跟著壞男人去危險的地方！」

我們哈哈大笑。

這十年的身心痛苦像一場噩夢，但至少是有底的，有盡頭的。

張亦絢在《永別書》裡說的「給她時間，而非時代」，感動了無數讀者，但S說他自己面對學運時的心情是，「時代」整個衝過來，不面對都不行。

我想想也是，時代的巨輪整個碾壓過來，不可能不伸手去擋。

有太多太多「剛好」使得我在那裡。應該說，如果當時我沒考上臺文所、如果沒考上臺北的研究所（或大學）、如果我當時不是學生、如果學校沒有距離抗爭現場那麼近、如果我的朋友裡面沒有社運咖的K……我可能也不會涉入這麼深。

所以，也許沒有為什麼。

也許就是在動亂中被推到了前面。沒有更好的時機，也沒有更壞的時機了，面對警盾不躲不閃，就是自然而然地挺起胸膛去擋。

我們像水，像浪潮，每一滴水都是浪潮的一部分。

〔後記〕文學救不了病中的我

文字構築的世界孤獨而華美，喧囂且燦爛，是文學的國度在召喚著我。而我卻叛逃了。

仔細想想，是寫完第一本書之後，得知自己入圍金典獎那時開始的吧。一度覺得自己無法再寫下去了，感到無以為繼，又或者是筋疲力盡。

不寫是因為什麼呢？或者說，沒辦法再動筆是為著什麼？因為現世文字的賤價？因為難以維生？稿費收入難以溫飽，必須找個足以維持生計的工作來養作品。像某個知名作家寫過的：她含淚向自己親親愛愛的小說道別，說：「再見，等我賺夠了錢再回來養你。」

可是，如果我連自己都養不活，那我還養得活什麼作品？

下定決心暫時擱筆的時候，無以名狀的恐慌與焦慮日日侵蝕著我，就算告訴自己「只是暫時不寫」，望著曾經抱著寫作的筆電之時是那麼地痛苦，工作時十指在鍵盤上遊走，想著它今後只能用來謀生時，更加苦痛了。

胸口像是有島嶼升起，塊磊壅塞期間，無法呼吸。

那時我很憂鬱，一點也不想吃東西，也沒辦法寫作，每日晨起就是咳嗽，吐胃酸吐了好一陣子。大量大量的胃酸透過喉頭嘔溢而出，吐不出的痛苦，止不住的哀戚。可它們沒辦法化為文字，只能每日嘔完了，跳過早餐不吃，繼續面對著電腦趕我的翻譯工作。

忘了是怎樣開始的，這種「很愛但不能」的感受終究壓垮了我。

過去兩年我無論看見什麼事物都沒有感覺，不想吃，不想喝，別人問我「要吃什麼」我都沒有想法，就連要做什麼都不知道，只渴求誰來下指令讓我做事。我整個人像是靈魂被抽乾斷電，多數時間在恐慌和焦慮，難以控制的想法海量地冒出來，經常為自己的未來無指望而哭泣。那些想法完全在理性的控制範圍之外，才三十出頭就開始對退休金異常憂慮，擔心沒有人要照顧老後的我，因為被恐慌焦慮壓垮的我已是個廢人了。

一點一滴把生活建立起來，原來是那麼不易。每日預定的工作進度達成後，我運動，讀英文小說，和母親一起煮晚飯，飯後瞪著串流平臺上的日劇，是喜歡的題材，卻起不了動筆的心思。到了約莫十點鐘，我洗浴，刷牙，倒在床上，漫無目的地一邊滑著手機，一邊和熊用文字訊息一來一往聊天，直到夜深睡去。

那段日子不曉得為什麼，腦裡的話很多，心裡卻沒有話要說出來，許是覺得沒有寫下來的必要。

又是一個感到無以為繼的日子，想起方瑜老師在日本三一一事件之後，李賀詩課堂上她噙著眼淚說「這種時候，文學有什麼用？」的時刻。感到自己碎成千片萬片，胸中風雪肆虐、暴雨交加的時候，我也忍不住詰問自己：文學究竟有什麼用？

文學救不了病中的我。

事情的轉捩點，記得是在一家名為「簡單」的麵館，我點了豬頭肉麵吃著，咬下溏心蛋時邊吃邊哭，內心忽然有股感受泉湧而出——原來我還是有食欲，還是想活著，還是想寫作。事情就這麼發生了，就這麼突然。

大學裡瘋狂追逐文學的一幕幕襲上心頭——大二時去修方瑜老師的文學概論，每週五早上騎著腳踏車前往活大（因為這門課太熱門了，所以必須在活大禮堂上課，位子才夠），若是到得晚了，就沒位子停腳踏車了。因此我每週五總是特別早到，好好找個車位，安安穩穩把腳踏車停妥了再進去。

還記得大二第一週，文學概論第一堂課，人數爆滿，方老師說她要再去向學校要加簽單。下課了，大夥仍不願散去，有個男孩坐在講臺上，雙腿盪著，臉笑著，自那時我就愛上了他——人生若只如初見，該有多好。

可惜，這段情感從頭到尾都只是單相思罷了。

麵吃完了，我走路返家。經過7－11外面，看見貼在牆壁轉角的廣告上的咖啡，無數細小的泡沫浮在杯緣，液體在杯中晃蕩的模樣。看著那片普通至極的灰色 City Cafe 咖啡廣告，忽然之間我的腦海中浮現了想喝的渴望。就只是這麼一個單純的想法，就讓我再度哭了出來。

這就是我決定要繼續寫之後，才感覺到自己又活著了的那個瞬間。食欲，提醒了肉身的渴望仍必須被滿足，而我的肉身依然有欲望，不是行屍走肉。

緊接著是二〇二三年六月，風起浪湧的 me too 運動。那是敘事的力量，找回自己話語的力量，讓我又開始書寫。心底的字語如泉湧而出，讓我在約莫一年半之內完成了這本書。

這本書的內容承載了我的童年時光，泰半是國小時發生的事。期間也躊躇過是否要揭露這樣的事實，但文學並不僅僅是關於揭露，更是關於書寫即存有，在一筆筆的敘事中畫出生命的線條。

臉書的動態回顧，出現了十年前我得時報文學獎時自己發布的文字。彼時我的心尚未患疾，什麼焦慮恐慌，從來都與我無關。青春的大學時光走到尾聲，敬愛的李鴻瓊老師對我說：「你要從文學的美學，走到文學的存有，再走到文學的道。」

十年飛逝，我似乎略略領會到了，何謂「文學的存有」。

像是在冥想之中，用纖弱的呼吸輕輕觸碰到無限廣袤宇宙邊緣的，絨毛般的光芒。

當時我寫下的文字是：「謝謝老師，這條路我要用一輩子去走。」

這句話的重量，我現在才懂得。

原來堅持是那麼血淚交織的事。

有能力寫下文字，讓莫以名狀的痛苦被指認出來，成為清晰可見的符號，是天賜的能力，是貨真價實的幸福。

寫作不能讓我免於痛苦，但寫作能引領我度過痛苦，當我書寫的時候，我便感覺受苦有了意義與目的。

不是寫作拯救我。

寫作是帶領我拯救我自己。

新人間 四四七

不乖乖

作　者—林巧棠
副總編輯—羅珊珊
責任編輯—蔡佩錦
校　對—蔡榮吉　林巧棠　蔡佩錦
封面設計—朱疋
行銷企劃—林昱豪

總 編 輯—胡金倫
董 事 長—趙政岷
出 版 者—時報文化出版企業股份有限公司
一〇八〇一九臺北市萬華區和平西路三段二四〇號
發行專線—（〇二）二三〇六—六八四二
讀者服務專線—〇八〇〇—二三一—七〇五・（〇二）二三〇四—七一〇三
讀者服務傳真—（〇二）二三〇四—六八五八
郵撥—一九三四四七二四時報文化出版公司
信箱—10899臺北華江橋郵局第九九信箱
時報悅讀網—http://www.readingtimes.com.tw
思潮線臉書—https://www.facebook.com/trendage/
法律顧問—理律法律事務所　陳長文律師、李念祖律師
印　刷—家佑印刷有限公司
初版一刷—二〇二五年六月二十日
定　價—新臺幣四〇〇元
（缺頁或破損的書，請寄回更換）

時報文化出版公司成立於一九七五年，
一九九九年股票上櫃公開發行，二〇〇八年脫離中時集團非屬旺中，
以「尊重智慧與創意的文化事業」為信念。

不乖乖／林巧棠著. -- 初版. --
臺北市：時報文化出版企業股份有限公司, 2025.06
264面；14.8x21公分. --（新人間叢書；447）

ISBN 978-626-419-526-3（平裝）

863.55　　114006308

ISBN 978-626-419-526-3
Printed in Taiwan